SONDERZAHL

Josef Kleindienst

Freifahrt

Erzählung

SONDERZAHL

www.sonderzahl.at

Schrift: Georgia
Druck: REMA*print*, Wien
ISBN 978 3 85449 384 6

Umschlag von Thomas Kussin

Mein Leben ist, als würde man
mich mit ihm schlagen.
Fernando Pessoa

DIE SCHATTEN der Obstbäume jagten still vorbei. An der nächsten Haltestelle stieg Erwin aus. Er ging schnell die Dorfstraße entlang, bis er zum Gehöft kam, das lange sein Zuhause gewesen war. Seit einigen Monaten wohnte Erwin in der Stadt, wo er eine kleine Wohnung gemietet hatte. Er sei kein Kind mehr und es sei längst schon an der Zeit, dass er lerne selbstständig zu sein, hatte Ingrid, seine Schwester, ihm eines Tages mitgeteilt.

Kurz hielt er inne, dann öffnete er mit einem Ruck die Haustür. Ein vertrauter Geruch schlug ihm entgegen. Er ging durch den Vorraum und betrat die Küche. Seine Schwester, ein paar Jahre jünger als er, saß mit ihrem Mann am Tisch. Überrascht schauten sie ihn an. Erwin ging zum Kühlschrank und nahm den Holundersirup heraus.

»Kannst nicht anklopfen?«, hörte er die Stimme von Manfred, seinem Schwager, der bald, nachdem er Ingrid geheiratet hatte, bei ihnen eingezogen war. Erwin streckte sich und holte ein Glas aus der Kredenz; er gab ein wenig Sirup hinein.

»Hast du mich nicht gehört?«

»Lass ihn doch«, versuchte Ingrid ihren Mann zu beschwichtigen. Ihr gewelltes, blondes Haar hatte sie zu einem Zopf zusammengebunden. Erwin drehte den Wasserhahn auf und füllte das Glas.

»Du wohnst nicht mehr bei uns«, hörte er wieder die Stimme seines Schwagers, der einen Kopf größer war als er und kräftige Oberarme hatte. Die Schwester stand auf, nahm ihre Kaffeetasse vom Tisch und stellte sie ins Abwaschbecken.

»Wo ist der Vater?«, wollte Erwin von ihr wissen.
»Was willst denn von ihm? Auf der Gartenbank.«
Erwin nahm hastig einen Schluck vom Saft und verließ die Küche; er ging durch den Vorraum, öffnete die Hintertür. Auf der Bank saß sein Vater, die Zeitung lesend. Erwin lief an ihm vorbei, geradeaus in die Scheune. Kurz darauf kam er mit einem alten Mountainbike wieder hervor. Als er sich daraufsetzen wollte, stand Manfred vor ihm.
»Lass das Fahrrad stehen!« Er riss es ihm aus den Händen. Erwin blickte ihn wütend an, dann lief er zurück in die Küche, wo die Schwester das Geschirr abwusch.
»Was hast du denn?«
Erwin nahm sein noch immer auf der Kredenz stehendes Saftglas und machte einen kräftigen Schluck.
»Das Rad gehört mir.«
Ingrid schaute ihn besorgt an.
»Das hat dir Manfred schon letztes Jahr abgekauft.«
»Das stimmt nicht.«
Die Tür ging auf und sein Vater betrat die Küche. Sein weißes Haar glänzte im Licht.
»Was ist los?«, wollte er wissen.
»Ach, nichts«, antwortete Ingrid. Erwin setzte sich mit seinem Glas an den Küchentisch. Der Vater ging ins Nebenzimmer.
»Was willst denn mit dem Fahrrad in der Stadt?«
»Das Fahrrad gehört mir. Ich hab's ihm nicht verkauft.«
Plötzlich stand der Vater vor ihm. Er reichte Erwin ein Kuvert.
»Was ist das?«
»Ein Geburtstagsgeschenk«, antwortete der Vater und ging aus der Küche. Erwin blickte auf den weißen Briefumschlag.
»Bedanken hättest dich schon können.«

»Ich will mein Fahrrad!«
»Du wohnst halt nicht mehr da.«
»Und der Zugraste schon?«
»Erwin bitte hör auf, wir haben das schon oft besprochen. Es geht halt nicht anders.«
Mit zittrigen Händen nahm Erwin einen Schluck aus seinem Glas. Manfred kam wieder in die Küche. »Ist der Kasperl noch immer da!«
Erwin sprang auf, steckte das Kuvert ein und verließ grußlos das Haus. Ein Traktor kam ihm entgegen. Der Fahrer, ein untersetzter, bärtiger Mann, winkte ihm zu. Erwin reagierte nicht. Seinen Blick auf den Gehsteig gerichtet, lief er die Dorfstraße entlang. Von weitem sah man die Berge, deren Gipfel wolkenverhangen waren.
Ab und zu fuhr ein Auto vorbei. Erwin ging zur Bushaltestelle, setzte sich in das Wartehäuschen und starrte auf die Plakate, größtenteils Ankündigungen von Zeltfesten. Sein Gesicht war ernst und seine Hände zu Fäusten geballt.
»Erwin, wie gehts?«, hörte er eine Stimme. Erwin blickte auf. Vor ihm hielt sein Nachbar, ein älterer Mann mit grauem Haar, der mit dem Fahrrad unterwegs war. Erwin kannte ihn seit seiner Kindheit.
»Gut«, antwortete Erwin, während er seine Fäuste noch fester zusammenpresste.
»Fährst wieder in die Stadt?«, wollte der Nachbar wissen. Der Bus bog um die Kurve und Erwin erhob sich. Die Türen öffneten sich. Er kaufte eine Fahrkarte und setzte sich in den hinteren Teil des Busses, wie er es immer tat. Durch das Fenster sah er, wie sein Nachbar kräftig in die Pedale trat. Bald darauf war er aus seinem Blickfeld verschwunden. Erwin kannte die Strecke auswendig, jedes Dorf, die einzelnen Bushaltestellen, jede Kurve war ihm vertraut. Nur selten stieg jemand zu, vorwiegend Schüler oder

Pensionisten, die in der Stadt etwas zu erledigen hatten. Erwin schaute bei den Busfahrten immer aus dem Fenster. An den Leuten war er nicht interessiert. Sie betrachteten ihn ohnehin nur argwöhnisch. Bereits in der Schule war das so. Er war kleiner als die anderen gewesen. Er hatte gehofft, dass sich dies mit der Zeit ändern würde, aber stattdessen wurde der Unterschied noch größer. Später, als seine Schulkameraden mit ihren ersten Freundinnen knutschten, beobachtete er sie bloß. Erwin sah die Vorboten der Stadt vorbeiziehen, die Fabriken, die sich in den Vororten niedergelassen hatten. Vor Jahren waren hier noch grüne Wiesen gewesen, auf denen Kühe gegrast hatten. Nun sah man dort eine Maschinenfabrik. Bald darauf fuhren sie an einem Einkaufszentrum vorbei. Erwin stieg aus, überquerte in einem günstigen Moment die Straße und lief den Gehsteig entlang, bis zu einem Wohnsilo. An die überfüllten Mülltonnen am Eingang zum Keller hatte er sich bereits gewöhnt. Kinder spielten. Zwei schrien ihm hinterher, aber er konnte sie nicht verstehen. Er stieg die Treppen hinauf, das Licht war ausgefallen und nur schemenhaft konnte er die Stufen erkennen. Aus einer Wohnung hörte er das Brüllen einer Männerstimme. Im dritten Stock, vor der Türnummer 24, blieb er stehen. Er hob die auf dem Boden liegende Reklame auf, steckte den Schlüssel ins Schloss und betrat seine Wohnung. Der Kühlschrank surrte. In der Abwasch lagen ein schmutziges Glas, zwei Gabeln und ein Teller. Man konnte noch die Reste einer rötlichen Soße darauf erkennen. Er ging ins Wohnzimmer und schaltete den Fernseher ein. Eine ältere Frau mit dick aufgetragenem Lippenstift erzählte von ihrem einzigen Seitensprung während ihrer 20-jährigen Ehe. Erwin setzte sich aufs Sofa, das er im Einkaufszentrum nebenan im Ausverkauf erworben hatte. Beim Transport hatte ihm Manfred sogar geholfen. Gemeinsam hatten sie es die drei Stockwerke hinaufgeschleppt. Als sein Schwager die Wohnung sah, meinte er bloß, dass er es hier nett habe, schöner als zu Hause.

Erwin zog das Kuvert, das er von seinem Vater bekommen hatte, aus seiner Jacke und legte es auf den Tisch. Er ging zum Fenster, öffnete es und schaute in den Innenhof. Ein paar Burschen spielten Fußball. Erwin hatte nie Fußball gespielt. Er sei zu klein, hatte es immer geheißen, wenn er mitspielen wollte. Er starrte in die Tiefe auf den Beton. Er schloss das Fenster. Die Dame sprach noch immer, sie schien großen Gefallen daran zu finden. Das Publikum applaudierte. Erwin setzte sich wieder aufs Sofa und zappte herum, bis er bei einer Tiersendung hängenblieb. Die Geburt eines Elefantenbabys wurde gezeigt. Er nahm das Kuvert, ging in die Küche und legte es in die Schublade mit dem Besteck. Er hatte vier Löffel, sechs Messer und fünf Gabeln.

Eigentlich würde er mit einer einzigen Gabel auskommen, was er auch seiner Schwester zu erklären versucht hatte, als sie ihm das Besteck brachte. Wofür fünf Gabeln, wenn er nur alleine aß, und wozu vier Löffel. So lagen abends meist vier Löffel und drei Gabeln im Abwaschbecken. Er überlegte, die unnötigen Gabeln zu entsorgen, da er sowieso nie Besuch bekommen würde. Vorsichtshalber könnte er eine zweite Gabel und einen zweiten Löffel behalten. Bei den Tellern war es nicht anders. Seine Schwester hatte ihm sechs davon gegeben. Außerdem konnte er gar nicht kochen, Eierspeise und Spaghetti ausgenommen. Er müsse es eben lernen, hatte die Schwester gemeint.

Erwin blickte zum Fernseher, die Elefantenmutter umwickelte mit ihrem Rüssel das Neugeborene und trug es in den Wald. Gerne würde er einmal in ein afrikanisches Land

fahren. Aber er konnte kein Englisch und ohne Englisch könne er sich in der Fremde schwer verständigen, war ihm gesagt worden.
Er überlegte, wie er den restlichen Tag verbringen sollte. Oft war er an den Nachmittagen im Einkaufszentrum nebenan. Er studierte zumeist die neuesten Kameras, verglich den Preis und die Pixelanzahl der Modelle und manchmal ließ er sich eine Kamera auch erklären. Anfangs betrachteten ihn die Verkäufer argwöhnisch, aber als sie sich sicher waren, dass er nichts stahl, ignorierten sie ihn einfach, als würde er zum Inventar gehören. Heute wollte Erwin nicht ins Einkaufszentrum. So verbrachte er den Tag mit Fernsehen, zwischendurch raffte er sich auf und wusch das Geschirr ab.

AM NÄCHSTEN TAG hatte Erwin einen Termin beim Arbeitsamt. Alle paar Wochen musste er seiner Betreuerin berichten, wie es um seine Arbeitssuche stand. Meist erzählte er ihr von irgendwelchen Vorstellungsgesprächen. Am Eingang hatte er die Nummer 34 gezogen; er wartete, bis er aufgerufen wurde. Ein älterer Mann mit müdem Blick saß ihm gegenüber. Erwin starrte mit verschränkten Armen auf die kahle Wand. Seine Füße tappten nervös auf den Fliesenboden. Seine Nummer leuchtete auf. Erwin erhob sich und betrat das Zimmer. Eine mollige Frau mit langem, braunem Haar tippte am Computer. Erwin setzte sich auf den Stuhl vor ihrem Tisch und betrachtete die bis zur Decke ragenden Aktenschränke. Durchs Fenster sah er einen Baukran. Die Angestellte holte aus einer Schublade einen Ordner. Ob er etwas Neues berichten könne, fragte sie ihn. Erwin schüttelte den Kopf. Sie blickte ihn stumm an, und da auch er stumm blieb, nahm sie seinen Arbeitslosenausweis und trug einen neuen Termin ein.
Erwin war froh, als er das Gebäude hinter sich ließ. Er schlenderte durch die Straßen und bestaunte Schaufenster. Vor einem Matratzengeschäft blieb er länger stehen. Er überlegte, eine größere Matratze zu kaufen, aber als er die Preise sah, ging er weiter.
Ein paar Stunden später lag er auf seinem Sofa, schnitt Grimassen und fotografierte sich dabei mit seiner Handykamera. Irgendwann ging er zur Lade mit dem Besteck und holte das Kuvert heraus, das ihm sein Vater geschenkt hatte. Vorsichtig betastete er es. Dann roch er daran. Schließlich

öffnete er es. Zum Vorschein kam eine rotweißrote Karte, auf der ein kleines Foto von ihm war.
ÖSTERREICHcard stand über seinem Namen. *Freie Fahrt für ein Jahr. Ihre Österreichischen Bundesbahnen*, las er auf der beigefügten Hülle. Erwin legte sie weg und schaltete den Fernseher ein. Er rief seine Schwester an.
Was er mit der Zugkarte solle?
Der Vater habe gemeint, dass er damit leichter eine Arbeit suchen könne, erklärte sie ihm.
»Hätte er mir besser Geld gegeben.« Erwin legte verärgert auf und warf die Karte mit der Hülle in den Abfalleimer.
»Trottelvater«, murmelte er.
Erwin verließ seine Wohnung und tappte im Dunkeln des Stiegenhauses umher, bis er den Lichtschalter fand. Er öffnete die Lifttür, in der Ecke kauerten zwei Teenager. Erwin stellte sich mit dem Rücken zu ihnen und drückte auf EG. Hinter sich hörte er Geknutsche. Im Erdgeschoß öffnete er die Lifttür, ging durch den Innenhof und an den leeren Spielplätzen vorbei. Auf der gegenüberliegenden Straßenseite leuchtete in großen roten Lettern TANJA. Erwin betrat das Lokal. Zwei Männer saßen in blauer Arbeitskleidung an der Theke und unterhielten sich mit der Kellnerin. Erwin stellte sich an das Ende der Theke; er starrte auf die Kellnerin, erst nach einiger Zeit wandte sie sich ihm zu.
»Erwin, was trinkst du?«
»Ein Cola.«
Sie nahm ein Glas, gab ein paar Eiswürfel rein und füllte es. Währenddessen unterhielt sie sich weiter mit den beiden Männern. Gern hätte sich Erwin zu ihnen gestellt und auch mit der Kellnerin geredet. Er hörte ihr Lachen und das Lachen der Männer. Ohne ihn anzusehen, stellte sie ihm das Cola hin. Erwin nahm einen Schluck. Mit der

Zunge presste er einen Eiswürfel an die Innenseite seiner Wange. Die Kälte tat ihm gut. Er beobachtete die Männer, sah ihre kräftigen Arme, ihre großen Hände, mit denen sie das Bierglas umklammerten.
Als Erwin das Lokal verließ, war es bereits dunkel. In den Wohnungen sah er Licht brennen, ab und zu das Flackern der Fernseher. Er ging an parkenden Autos vorbei, an der geschlossenen Trafik. Im Stiegenhaus hörte er Stimmen aus Talkshows und Kindergeschrei; er steckte seinen Schlüssel in das Türschloss, drehte ihn um. Er machte Licht, setzte sich aufs Sofa und verharrte eine Weile. Er ging zum Fenster, blickte in den Innenhof, hinüber zu den anderen Wohnungen, in denen Schatten umherhuschten. Er schaltete den Fernseher ein.

EINMAL im Monat ging Erwin zum Friseur. Zumeist schnitt ihm Erika die Haare. Falls sie nicht da war, ließ er sie von Monika schneiden, allerdings ungern. Erika schnitt ihm die Haare nie zu kurz. Zu kurzes Haar mochte er nicht, da man dann seine abstehenden Ohren sehen konnte. Außerdem redete sie nicht viel und erzählte ihm nichts übers Wetter. Erwin saß auf dem Stuhl, hörte das Schnipsen der Schere und sah, wie schwarze Haarbüschel auf den Boden fielen. Neben ihm ließ sich eine ältere Frau eine Dauerwelle machen. Erika rasierte ihm die Koteletten und schmierte etwas Gel in die Haare. Sie hielt ihm den Spiegel hin. Erwin schaute, ob die Koteletten die gleiche Länge hatten. Wie immer gab er ihr zwei Euro Trinkgeld. Auf der Straße fragte er sich, wie Erikas Freund wohl aussah, ob er so kräftig war wie die Männer an der Bar. Er ging in den Supermarkt, kaufte ein Stück Käse und Brot und setzte sich damit in den Park, neben den Kinderspielplatz. Während er den Käse auf das Brot legte, beobachtete er zwei Buben, wie sie um einen Ball stritten. Kurz darauf rollte er Erwin direkt vor die Füße. Ein Junge kam zu ihm, blickte Erwin neugierig an und lief dann mit dem Ball davon. Erwin machte einen Bissen von seinem Brot. Nach einiger Zeit stand er auf. Er spazierte zum Bahnhof. In der Eingangshalle setzte er sich auf eine Bank und betrachtete die Anzeigetafel: *Salzburg, Wien, Innsbruck*, Städte, die er nur vom Hörensagen kannte. Ihm gegenüber, hinter einer Glasscheibe, saß der Schalterbeamte, ein Mann mit Schnauzbart und Stirnglatze. Von Zeit zu Zeit verkaufte er eine Fahrkarte. Manchmal redeten die Leute auch nur kurz mit ihm und gingen wieder. Erwin blickte durch zwei große Fenster hinaus auf die Gleise, wo eine Lokomotive stand, dann wieder rollten Waggons vorbei.

»Hast du eine Zigarette?«, hörte er eine weibliche Stimme. Vor ihm stand eine junge Frau in zerrissenen Jeans. Sie schaute ihm direkt in die Augen.

»Ich rauche nicht«, antwortete Erwin.

»Kannst du mir nicht welche kaufen?«

Erwin glaubte, nicht recht zu hören. Sie hatte Sommersprossen und ihre Nase erschien ihm zu breit. Sonst war sie hübsch, vielleicht ein bisschen zu groß für ihn, dachte er.

»Welche willst du haben?«

»Memphis.«

Sie schaute überrascht, als er sich erhob und zur Trafik ging. Kurz darauf reichte er ihr das Päckchen.

»Du bist wirklich ein cooler Typ.«

Sie nahm die Zigaretten und ging davon. Erwin blickte ihr nach, dann setzte er sich auf die Bank.

Ein paar Stunden später war er wieder in seiner Wohnung. Er hielt einen roten Stift in der Hand und strich Kontaktanzeigen an. Er schaltete den Fernseher ein. Die Moderatorin von gestern hatte diesmal ein grünes Kleid an. Eine rundliche Frau erzählte, ihr Mann habe sie wegen einer zwanzig Jahre jüngeren Frau verlassen und sie führe dies auf ihr Gewicht zurück. Ein paar Tränen liefen über ihre Wangen. Erwin nahm sein Handy und rief seine Schwester an.

»Was soll ich kochen? Ich hab keine Nudeln mehr.«

»Dann gehst dir eben welche kaufen, oder koch dir eine Eierspeise!«

Erwin legte auf, las weiter die Kontaktanzeigen; er stand auf und wühlte im Abfalleimer nach der Bahnkarte. Er las die Informationen auf der Rückseite. Er blickte wieder auf

den Bildschirm, die übergewichtige Frau saß zusammengesunken auf ihrem Stuhl. Erwin drehte den Fernseher ab, nahm die Zugkarte und verließ das Haus.
Er lief durch die Stadt, an Möbelhäusern, Cafés, Trafiken und mehreren Friseurläden vorbei, überquerte einige Kreuzungen.
Er betrat das Bahnhofsgebäude und ging direkt auf den Schalter zu, wo immer noch der Mann mit der Stirnglatze und dem Schnauzbart saß. Erwin reichte ihm die Karte.
»Kann man damit wirklich umsonst fahren?«, wollte er wissen.
Der Mann betrachtete die Karte und sah zu Erwin.
»Wenn Sie Erwin Hassler heißen, können Sie innerhalb Österreichs umsonst fahren.«
»Und im Ausland?«
»Da müssen Sie bezahlen.«
Erwin nahm die Karte und ging auf den Bahnsteig. Ein Zug hielt quietschend, eine Schulklasse stieg aus, plötzlich war Erwin von lauter zehnjährigen Mädchen umringt. Lärmend gingen sie an ihm vorüber. Der Zug fuhr ab. Erwin setzte sich auf eine Wartebank, beobachtete die auf den Gleisen arbeitenden Männer. Als Kind hätte er gern bei der Eisenbahn gearbeitet. Sein Vater hatte gemeint, es sei ein guter Job. Später hieß es dann, er sei körperlich zu schwach. Erwin sah den Männern zu, wie sie mit großen metallenen Hämmern auf die Gleise schlugen, ihre Gesichter gebräunt von der Sonne.
Auf dem Weg nach Hause betrat er einen Drogeriemarkt. Er ging zwischen den Regalen, vorbei an Babynahrung, Haarshampoos und Mottenfallen. Aus einem Regal am Ende des Ganges nahm er Rasierschaum und Rasierer. Bei den Kondomen blieb er stehen und betrachtete die unterschiedlichen Modelle. Er griff nach einer Packung

und ging zur Kassa. Die Kassiererin lächelte ihn an. Erwin schaute sie ernst an und zahlte.
Zurück in seiner Wohnung legte er die Präservative und die Bahnkarte auf den Tisch, Rasierer und Rasierschaum trug er ins Badezimmer. Erwin las erneut die Kontaktanzeigen und markierte einige. Er legte die Zeitung weg und öffnete die Kondompackung. Er zog die Gebrauchsanleitung heraus und las sie. Schließlich faltete er sie sorgfältig zusammen und steckte sie zurück in die Packung. Erwin verließ die Wohnung. Die Dämmerung hatte eingesetzt, die ersten Straßenlaternen leuchteten. Er betrat das Café TANJA, das an diesem Abend beinahe leer war, und stellte sich an die Bar. Die Kellnerin las in einer Zeitung, nach einiger Zeit kam sie zu ihm.
»Hallo Erwin, ein Cola?«
Erwin nickte. Die Kellnerin schenkte ein Glas Cola ein und stellte es vor ihn auf die Theke. Anschließend las sie weiter in der Zeitung. Erwin betrachtete ihre roten Fingernägel, ihren durch die rote Bluse schimmernden BH. Er nahm einen Schluck von dem Cola, blickte auf die vor ihm in einem Regal stehenden unterschiedlichen Whiskyflaschen. Er hätte gerne einen getrunken, aber seine Schwester sagte immer, dass es ihm nicht gut tue. Sein Arzt hatte es ihm verboten. Jetzt hatte er aber Lust auf einen, gerne hätte er mit der Kellnerin angestoßen. Wieder sah er hinüber zu ihr. Sie blätterte gelangweilt in der Zeitung. Ihre Beine hatte sie übereinander gekreuzt. Warum sprach sie nicht mit ihm? Sie stand auf, nahm die auf der Theke stehenden Gläser und ordnete sie in den Geschirrspüler. Kurz blickte sie zu Erwin. Sie hatte heute einen besonders grellen Lippenstift. Erwin hätte sie gerne geküsst, dafür hätte er sie auch auf einen Whisky eingeladen. Er wusste, die anderen Männer taten es genauso.

»Kann ich zahlen«, war alles, was er hervorpressen konnte. Er gab ihr 50 Cent Trinkgeld. Sie bedankte sich, wünschte ihm einen schönen Abend. Noch als er die Treppen zu seiner Wohnung hinaufstieg, hörte er ihr »Danke.« Erst allmählich, erst als er den Fernseher sah und die weißen Vorhänge und dabei die Stille spürte, verhallte ihre Stimme.

ALS AM MORGEN der Radiowecker läutete, fuhr Erwin erschrocken in seinem Bett auf. Das Tageslicht schimmerte durch den Vorhang. Er starrte auf die bräunliche Tapete mit dem gewürfelten Muster. In seinem Kinderzimmer war es eine grünliche Tapete gewesen, mit einem geblümten Muster. Das Braun war ihm immer ein wenig unheimlich. Es fühlte sich an, als wäre er in der Nacht an einen fremden Ort gebracht worden. Erwin ging im Pyjama in die Küche und machte einen Kaffee. Im Wohnzimmer schaltete er den Fernseher ein. Ein junger Mann in Jeans und hellem Sakko erzählte, die Niederschlagswahrscheinlichkeit liege bei 80 Prozent, auch in den kommenden Tagen sei keine Besserung in Sicht. Anschließend kam Werbung. Erwin nahm die Kondompackung und gab sie in die Kredenz zu den Gläsern, schob sie ganz nach hinten, wo man sie nicht mehr sehen konnte. Dann holte er sich den Kaffee und setzte sich aufs Sofa. Er blickte hinüber zu den anderen Wohnungen, in manchen brannte immer noch Licht. Der Kaffee schmeckte ihm nicht. Er schaltete den Fernseher aus, zog sich seine Jeans und ein kariertes Hemd an, ein Geburtstagsgeschenk seiner Schwester. Es war sein Lieblingshemd und er bildete sich ein, es bringe ihm Glück. Er betrachtete sich im Spiegel, dann holte er das Handy aus seiner Hosentasche. In den letzten 24 Stunden hatte niemand angerufen, nur eine Nachricht vom Telefonanbieter hatte er erhalten. Er könne bei einem Gewinnspiel teilnehmen und einen Skiurlaub in Kitzbühel gewinnen. Gern hätte er einmal Kitzbühel gesehen, aber skifahren konnte er nicht. Bestimmt kann man dort

auch rodeln, überlegte er. In Kitzbühel würde es auch viele Frauen geben, Touristinnen aus Deutschland oder Russland. In letzter Zeit seien sehr viele Touristen aus Russland nach Kitzbühel gekommen, die sich hemmungslos besoffen hätten, sogar zu Schlägereien zwischen schwedischen und russischen Touristen soll es gekommen sein. Das hatte er zumindest irgendwo gelesen. Aber er würde sowieso nicht gewinnen, noch nie hatte er etwas gewonnen. Nicht mal bei den Brieflosen, die er jedes Mal kaufte, wenn er auf die Post kam. Obwohl ihm der Postbedienstete in seinem Dorf versichert hatte, dass es durchaus vorkomme, dass jemand gewinne. Zwar keine hohen Beträge, aber ein paar hundert Euro könnten es schon sein.
Erwin dachte an den Postbediensteten, den er schon lange nicht mehr gesehen hatte, an sein zerzaustes Haar, an seine dunkle Brille. Er löschte die Nachricht, nahm die Bahnkarte, steckte sie in seine Tasche und verließ die Wohnung. Im Treppenhaus begegnete er der alten Frau, die einen Stock über ihm wohnte. Langsam quälte sie sich die Stufen hinunter. Als sie ihn bemerkte, ließ sie ihn wortlos vorbei.
Fünfzehn Minuten später war Erwin am Bahnhof. Er setzte sich auf die Bank, auf der er bereits am Vortag gesessen war. Insgeheim hoffte er, die junge Frau in den zerrissenen Jeans wieder zu sehen. Ein paar Schüler kamen durch die Eingangstür. Erwin blickte auf die Anzeigetafel, *Wien Westbahnhof*, las er. Wien sei sehr schön, aber die Leute seien unfreundlich. In der U-Bahn gebe es viele Betrunkene, die auch brutal werden könnten, hatte ihm ein Nachbar erzählt, nachdem dieser mit seiner Frau ein Wochenende in Wien verbracht hatte.
Irgendwann wollte Erwin auch mal nach Wien. Überhaupt wollte er mit einer U-Bahn fahren, bis jetzt hatte er sie nur im Fernsehen gesehen. Durch das Fenster sah er einen Zug

einrollen, er hörte lautes Quietschen. Eine dunkelhaarige Frau schob ihren Koffer durch die Bahnhofshalle. Er sah ihr hinterher, wie sie am Bahnsteig entlangging und in einen Waggon stieg. Erwin ging auf die Toilette, gleich hinter der Gepäcksaufbewahrung. Neben ihm urinierte ein Mann. Als der Fremde gegangen war, urinierte auch er. Im Hintergrund hörte er wieder das Bremsen eines Zuges. Er betrachtete sich im Spiegel über dem Waschbecken. Das Hemd passte ihm gut. Er wusch sich die Hände, warf einen Blick auf den Kondomautomaten neben der Eingangstür und ging auf den nächstgelegenen Bahnsteig. Er schaute auf die Gleise, die direkt zu seinem Dorf führten. Nur wenige hundert Meter entfernt vom Kirchturm donnerten die Züge vorbei. Nachts konnte man sie in seinem Elternhaus hören. Immer um vier in der Früh fuhr ein Güterzug vorbei. Manchmal erwachte er davon und konnte danach nur mehr schwer einschlafen. Erwin ließ seinen Blick hinüber zu den Bergen gleiten, die sich hinter dem Bahnhof erstreckten. Er dachte an die Frau mit dem Koffer, die nun in einem der Züge durch die Landschaft fuhr. Erwin drehte sich erschrocken um, als ein Zug hinter ihm hielt. Passagiere stiegen aus. Erwin starrte auf die Zugtür, er verspürte ein Kribbeln. Einen Waggon weiter stand der Schaffner und winkte dem Zugführer. Die Türen schlossen sich, der Zug begann langsam davonzurollen. Der Fahrtwind wurde immer stärker; dann war wieder Stille.
Erwin ging zurück in die Bahnhofshalle, setzte sich auf die Bank und beobachtete den Trafikanten, wie er seine Zeitungen ordnete. Er blickte durchs Fenster hinaus auf die Gleise, wo ein paar Arbeiter standen. Ein Polizist betrat die Halle und kaufte eine Packung Zigaretten. Beim Hinausgehen musterte er Erwin. Bereits der bloße Anblick einer Polizeiuniform löste bei ihm ein Unwohlsein aus.

Eine Gondelfahrt durch Venedigs Kanäle, las Erwin auf einem neben dem Bahnschalter hängenden Plakat. Zwei Gondeln unter einer Brücke waren darauf zu sehen. Der Schalterbeamte bediente eine Frau mit einer Einkaufstasche.
Später saß Erwin wieder auf seinem Sofa vor dem Fernseher.

AM NÄCHSTEN TAG war Erwin bereits in aller Früh am Bahnhof. Leute huschten durch die Halle, dann wieder kamen ganze Schulklassen. Erwin war nie ein guter Schüler gewesen, mit Mühe hatte er die Pflichtschule absolviert. Anschließend wollte er eine Mechanikerlehre beginnen. Da er keine Stelle fand, arbeitete er in einem Lagerhaus, lieferte Mehl und Weizensäcke aus und schleppte Zementsäcke von einem Ende der Halle ans andere.

Erwin kaufte sich am Kiosk eine Semmel. Die dunkelhaarige Dame mit dem Koffer, die er schon gestern gesehen hatte, ging an ihm vorbei. Diesmal hatte sie nur eine braune Tasche bei sich. Erwin folgte ihr auf den Bahnsteig, wo ein paar Leute standen. Er lehnte sich ans Stiegengeländer, ließ hin und wieder seinen Blick zur Frau schweifen. In der Ferne bemerkte er das Licht der Lokomotive, drei sich schnell nähernde Punkte. Der Zug hielt. Erwin sah, wie die Frau einstieg. Er ging auf den Waggon zu und stieg die Stufen hinauf. Ein fremder Geruch schlug ihm entgegen. Die Sitzbänke waren mit blauem Stoff überzogen. Erwin setzte sich ein paar Sitzreihen hinter die Frau. Der Bahnsteig zog langsam vorbei. Er sah die Siedlungen der Vorstadt, Einfamilienhäuser mit kleinen Gärten. Viele seiner Schulfreunde hatten solche Häuser, in denen sie mit ihren Frauen und Kindern wohnten. Manche von ihnen waren bereits wieder geschieden. Im Dorfwirtshaus schimpften sie meist über ihre Ex-Frauen, dass sie ihnen so viel zahlen müssten. Sie betranken sich und je mehr sie tranken, umso wütender wurden sie. Oft meinten sie zu Erwin, er sei der

Schlaueste von allen, weil er nie geheiratet habe. Eine alte Dame, eine Illustrierte lesend, saß ihm schräg gegenüber. Der Zug hielt. Ein paar Passagiere stiegen aus, andere zu. Ein älterer Herr mit großem Bauch in Begleitung einer Frau setzte sich vor ihn. Sie trug einen Strohhut und eine dunkle Sonnenbrille wie in den Heimatfilmen, die er aus seiner Jugend kannte. Erwin kam sie mindestens zehn Jahre jünger vor als der Mann. Er verstand nicht, wie sie mit so einem hässlichen Mann zusammen sein konnte, bestimmt hätte sie genügend Verehrer. Möglicherweise hat er viel Geld, überlegte Erwin. In weiter Entfernung sah er einen Fluss durch die Landschaft ziehen.

»Kannst du mir den Reiseführer geben?«, hörte er die Frau in einem für ihn ungewohnten Deutsch. »Deutsche«, dachte Erwin und erinnerte sich an die Touristen, die jeden Sommer auf den Campingplatz am Rande seines Dorfes kamen. Der Platz war vollkommen überfüllt gewesen, als er ein Kind war. Zumeist mit Holländern und Deutschen, die oft den ganzen Sommer in ihren Zelten und Wohnwägen verbrachten. Abends spazierten die Touristen mit ihren Kindern durchs Dorf oder saßen im Dorfwirtshaus. Erst zur Maisernte leerte sich der Campingplatz wieder. Erwin kam ein Mädchen mit langen blonden Haaren in den Sinn, in das er sich verliebt hatte. Jedes Mal, wenn sie mit ihren Eltern an seinem Haus vorbeiging, setzte er sich auf die Bank, um sie besser sehen zu können. Ihr Vater war Beamter in einer holländischen Gemeinde, unweit der deutschen Grenze. Erwin hatte das aufgeschnappt, als sich sein Vater einmal am Gartenzaun mit dem Mann unterhielt. Er wusste damals nicht, wo Holland war, aber sein Vater meinte, dass es sehr weit weg wäre.

Erwin hörte das deutsche Paar wegen des Reiseführers streiten, den der Mann vergessen hatte. Der Schaffner betrat den Waggon. Erwin kramte in seiner Hosentasche und holte die Karte hervor. Er betrachtete das Datum, an dem sie ausgestellt worden war: 13. Juni, sein Geburtstag. Der Schaffner näherte sich, er stempelte das Ticket des Paares vor ihm. Erwin spürte seinen Herzschlag, er war nervös geworden. Vielleicht war die Karte gar nicht gültig. Er reichte sie dem Schaffner. Der Schnauzbart des Schaffners zuckte, während er die Jahreskarte begutachtete. Wortlos gab er sie ihm zurück. Erwin steckte sie ein. Das Paar vor ihm stritt sich nun darüber, wo es aussteigen sollte. Während die Frau davon überzeugt war, an der nächsten Station den Zug verlassen zu müssen, wollte der Mann erst an der übernächsten aussteigen. Der Zug hielt.

Die dunkelhaarige Frau ging am deutschen Paar vorbei und stieg aus. Erwin folgte ihr. Der Bahnhof war viel größer als der Bahnhof seiner Stadt, mindestens doppelt so groß, auch die Züge erschienen ihm größer und länger. Als er vor dem Gebäude stand, sah er die Frau in einen Bus steigen und davonfahren. Ein paar Taxis standen vor dem Bahnhof. Er überlegte, dem Bus zu folgen, ging dann aber wieder ins Bahnhofsgebäude, lief an einer Trafik und an einer Bäckerei vorbei und fuhr mit der Rolltreppe ins Untergeschoß. Neben der Treppe war ein Wettbüro. Erwin betrat es. Auf einem großen Bildschirm wurde ein Pferderennen übertragen, gleich nebenan ein Hunderennen. Das Lokal war dunkel, nur der Schimmer der Leinwände erhellte es ein wenig. Erwin beobachtete eine Weile das Hunderennen. Ein schwarz-weiß gestreifter Windhund, gefolgt von einem braunen, jagte die Rennbahn entlang. Dann verließ Erwin das Lokal. Er hatte schon mit Brieflosen kein Glück, warum sollte es bei Hundewetten anders sein? Außerdem mochte er keine Hunde und bestimmt würden sie ihm auch kein Glück bringen. Erwin ging die Treppe hinauf und stieg in den am Bahnsteig stehenden Zug. Ein paar Minuten später fuhren sie ab. Der Waggon war beinahe leer, nur in den hinteren Reihen saß ein Mann mit Hut, dessen Gesicht Erwin nicht erkennen konnte. Die Berge näherten sich. Sie fuhren in einen Tunnel. Einige Fenster waren nicht geschlossen und es ratterte. Als sie wieder ins Tageslicht tauchten, erhoben sich rechts und links Berge. Aber nicht solche, wie er sie kannte, bewaldet und grün, sondern schroff und voll von Gestein. Plötzlich stand ein Schaffner vor ihm. Die Knöpfe seiner Uniform waren kleiner und die Farbe des Jacketts grün. Er war beinahe einen Kopf größer als der Schaffner von vorhin. Als der Mann auch noch eine Sprache sprach, die Erwin nicht verstand, wurde ihm unwohl. Erwin holte seine Bahnkarte aus der Tasche und reichte sie ihm. Der Schaffner betrachtete sie eine Weile. Dann schüttelte er seinen Kopf und meinte in gebrochenem Deutsch, dass die Karte in Slowenien nicht gültig sei und er acht Euro bis zur nächsten Station zahlen müsse. Erwin schaute ihn mit großen Augen an. Der Schaffner zuckte mit den Achseln und gab ihm die Karte zurück. Erwin kramte in seiner Hosentasche und reichte ihm das Geld. Er war noch nie in Slowenien gewesen, das war ein Land, das ihm fremd war. Als Kind war ihm gedroht worden, dass er zu den Slowenen geschickt würde, manchmal auch zu den Italienern, zu den Katzelmachern, die ihn in einen Kartoffelsack stecken und verkaufen würden. Aber die Slowenen erschienen ihm dennoch weitaus bedrohlicher. Zwar hatte er damals keine Slowenen gekannt, in seinem Dorf gab es keine, doch wusste er, dass in anderen Landesteilen sehr wohl welche lebten. Das waren zwar auch Kärntner, die sprachen auch Deutsch, doch wäre ihnen nicht zu trauen, wie ihm oft erzählt wurde. Trotzdem entschieden sich die Slowenen in einer Volksabstimmung für Kärnten, aber nur weil es in Kärnten viel schöner wäre als in Slowenien, wie er in der Schule zu hören bekommen hatte. Erwin betrachtete durch das Fenster die immer schroffer werdenden Berge. Der Zug hielt. Er stieg aus. Slowenien hatte er sich ganz anders vorgestellt, viel grüner; er hatte angenommen, dass dort das Meer sei. Aber vom Meer war weit und breit nichts zu sehen. Erwin setzte sich auf die Wartebank vor dem Bahnhofsgebäude, das einem Wohnhaus ähnelte. Auf dem Bahnsteig ging eine junge Frau mit einem Baby in ihrem Arm auf und ab und redete beruhigend auf das Kind ein. Erwin dachte daran, für die Rückfahrt ein Ticket zu kaufen, aber nochmals acht Euro bezahlen wollte er nicht. Für das Geld könnte er sich in einem Wirtshaus ein Schnitzel kaufen oder drei Coca Cola, in manchen auch vier. Er beschloss zu versuchen, dem Schaffner aus dem Weg zu gehen. Im Notfall könnte er sich im WC einsperren. Länger als zwanzig Minuten würde die Rückfahrt ohnehin nicht dauern. Ein Güterzug donnerte durch den Bahnhof. Als er vorüber war, weinte das Baby. Slowenisches Babygeschrei war um einiges lauter als das Geschrei von Kärntner Babys, stellte Erwin fest. Er ging zum Fahrplan, der neben einem Papierkorb hing. Alle zwei Stunden fuhr ein Zug nach Villach. Mehr als eine Dreiviertelstunde musste er warten. Erwin schaute zu den hinter dem Bahnhof liegenden Häusern. Von weitem sah er mächtig in den Himmel ragende Fabrikschornsteine. Erwin hielt Ausschau nach einer Toilette. Am Ende des Ganges sah er ein WC-Schild. Er lief durch eine Unterführung, wenig später urinierte er in ein slowenisches Pissoir, es unterschied sich kaum von einem österreichischen, nur die Farbe war eine andere. Vielleicht lag das auch an der Glühbirne, die das Pissoir gelblich erscheinen ließ. Als er wieder zur Wartebank kam, war die Frau mit dem Kind verschwunden. Stattdessen saß nun ein Pärchen auf

der Bank und knutschte. Der Junge war bestimmt keine achtzehn und das Mädchen wohl noch jünger. Hin und wieder blickte Erwin zu ihnen hinüber, dann wieder zu den Bergen und schließlich zu den Schornsteinen. Am gegenüberliegenden Bahnsteig standen Waggons, einige waren mit Graffiti verziert. Ein paar Minuten später rollte ein Zug der österreichischen Bundesbahnen ein. Erwin kam es vor, als wäre der Zug extra für ihn nach Slowenien geschickt worden, um ihn wieder heimzuholen. Er stieg ein. Unruhig schaute er sich nach dem Schaffner um. Er ging zur Toilette. Im Spiegel sah er hinter sich die Klomuschel. Er schloss den Deckel, setzte sich und hörte das Rattern des Zuges. Durchfall könnte er haben oder Verstopfung, überlegte er, falls der Schaffner an die Tür klopfen sollte und er eine Ausrede bräuchte. Das Licht über ihm flackerte. Erwin hatte Angst, es könnte ganz erlöschen und er müsste in der Dunkelheit sitzen. Augenblicke später leuchtete das Licht wieder in voller Stärke. Er betrachtete das Waschbecken, den aus der Wand ragenden Wasserhahn. Er drückte ihn, ein Wasserstrahl spritzte hervor. Nach zwanzig Minuten verließ er das WC. Die schroffen Berge waren verschwunden, saftige grüne Wiesen zogen vorbei. Erwin setzte sich in ein Abteil. Der Zug hielt, Schüler stiegen ein, Gymnasiasten oder Hauptschüler, kaum älter als vierzehn. Zwei Burschen und ein Mädchen setzten sich zu ihm. Ein Bursche trug eine Jeansjacke und hatte einen Ohrring. Ein schwacher Bartflaum überzog seine Oberlippe. Er schimpfte über die Lehrerin, schwachsinnig sei sie und sexuell gestört. Das Mädchen machte sich über das Grün der Strumpfhose der Lehrerin lustig. Erwin kauerte in der Ecke und blickte aus dem Fenster. Die Jugendlichen lachten. Als sie an der nächsten Station ausstiegen, war er froh.
Zwei Stunden später stieg Erwin die Treppen in seinem

Stiegenhaus hinauf; er dachte an die Berge in Slowenien, die ihm nun unwirklich erschienen, dann an die Frau, die er an der Bushaltestelle aus den Augen verloren hatte. Im ersten Stock begegnete er wieder der schwer atmenden Alten. Er fragte sich, warum sie nicht den Lift benutzte. Erwin drängte sich an ihr vorbei.

In seiner Wohnung holte er die Kondome aus der Kredenz und las nochmals den Beipackzettel. Er faltete ihn zusammen und legte ihn neben die Kontaktanzeigen. Sein Handy läutete, am Display sah er den Namen seiner Schwester.

»Ich war heute in deiner Wohnung, aber du warst nicht zu Hause.«

»Ich war in Slowenien.«

»In Slowenien? Was hast denn dort verloren?«

»Ich habe die Karte ausprobiert.«

»Aber die ist doch nur in Österreich gültig.«

»Hab auch acht Euro zahlen müssen.«

»Hast Deine Miete schon bezahlt?«

»Ich werd sie schon bezahlen.«

Erwin verstand nicht, wozu er überhaupt Miete zahlte, wo er doch zu Hause umsonst wohnen könnte. Und wenn er schon in der Stadt wohnen musste, dann sollte sein Schwager zumindest einen Teil der Miete übernehmen. Er hatte es ihm auch schon öfters vorgeschlagen, aber immer nur ein spöttisches Lächeln als Antwort bekommen.

Seine Schwester wollte wissen, was er zu kochen vorhabe. Einen Augenblick schwieg er, dann legte er auf. Er setzte sich auf die Couch, nahm ein Kondom aus der Hülle und ließ es zwischen seinen Fingern hin- und hergleiten. Er blies es auf wie einen Luftballon. Vielleicht war es zu groß für ihn, dachte er und machte einen Knoten; er schubste es weg; es kullerte auf dem Boden umher und blieb schließlich unter dem Fenster liegen. Erwin nahm die Kontaktanzeigen, las von ungeschütztem Verkehr, von Partnertausch und Seitensprüngen. Er legte die Zeitung zur Seite und ging in die Küche. Aus dem Schrank holte er eine Pfanne, die ihm seine Schwester geschenkt hatte, ließ etwas Butter schmelzen und schlug zwei Eier hinein. Früher hatte er Eierspeise nicht gemocht, es war ihm immer schlecht davon geworden, aber seit einiger Zeit schmeckte sie ihm. Es gefiel ihm, das Ei in die Pfanne zu schlagen und zuzusehen, wie der Dotter sich langsam verfestigte.

Er nahm einen Teller und kratzte die Eierspeise darauf, er schnitt eine Scheibe Brot ab, setzte sich auf die Couch und schaltete den Fernseher ein. Eine Frau in einem roten Kleid saß auf einem Sofa und erzählte von ihrem ersten Kuss. Hinter ihr saßen drei Männer, um die fünfzig. Erwin salzte seine Eierspeise. Sie habe bereits im Kindergarten ihre ersten sexuellen Erlebnisse gehabt und man solle einem Kind die Möglichkeit nicht nehmen, sich mit anderen Kindern auszutauschen. Auch ein Kind habe seine eigene Sexualität, meinte die Frau. Die Männer hörten ihr mit ernster Miene zu. Daraufhin erzählte einer von ihnen, ein ausgesprochen dünner Kerl, von seinem ersten Kuss. Er sei zwölf gewesen und auf dem Nachhauseweg von der Schule, als ein gleichaltriges Mädchen ihn an der Hand genommen und in den Holzschuppen geführt habe.

Erwin aß die Eierspeise auf, dann trug er den Teller zur Abwasch. Als er zurückkam, war auf dem Bildschirm eine Schokoladenwerbung zu sehen. Bei dem Gedanken an Schokolade wurde ihm schlecht; er schaltete den Fernseher aus. Draußen war es dunkel geworden. Erwin legte sich ins Bett. Er starrte auf die braune Tapete, aus der Nachbarwohnung hörte er einen Staubsauger. Er müsste auch bald einen kaufen, noch war nicht sehr viel Staub in seiner Wohnung, doch das würde sich schnell ändern. Er hörte Stimmen, er war sich nicht sicher, ob sie von den Mietern der Wohnung über ihm oder aus deren Fernsehgerät kamen. Erwin wollte sich mit jemandem unterhalten. Er überlegte, ins Café TANJA zu gehen, konnte sich aber nicht dazu aufraffen.

Als er spät in der Nacht in seinen Kleidern aufwachte, wusste er zunächst nicht, wo er war. Die braune Tapete verwirrte ihn. Erwin stand auf, ging auf die Toilette, putzte sich die Zähne und zog sich seinen Pyjama an. Seine Mutter hatte ihm den Pyjama vor Jahren zu Weihnachten geschenkt. Er hatte zwar noch drei andere, aber dieser gefiel ihm am besten, der Stoff war weich und fühlte sich angenehm an. Als er in die Pyjamahose schlüpfte, musste Erwin an seine Mutter denken, wie sie ihm morgens das Frühstück machte, zumeist eine Tasse Tee und ein Butterbrot. Noch gut konnte er sich an ihre Beerdigung erinnern, die vor fünf Jahren an einem kalten Dezembertag stattgefunden hatte. Als der Sarg ins Erdloch gelassen wurde, fielen ein paar Schneeflocken auf die Blumen und Kränze. Erwin legte sich wieder ins Bett, die Bettdecke hatte er bis zu seinem Kinn hinaufgezogen, ein paar Tränen liefen ihm über die Wangen. Er stellte seinen Handywecker und drehte das Licht ab.

UM ACHT am Morgen saß Erwin auf der Bank im Bahnhof. Er wartete auf die dunkelhaarige Frau, aber sie kam nicht. Er ging zum Bahnsteig und stieg in den Zug, der gerade hielt. Er tastete sich durch die Waggons, der Zug kam ihm länger vor als der von gestern. Die Abteile waren mit Steckdosen ausgestattet, einige Passagiere hatten ihren Computer angeschlossen. Erwin hatte keinen Computer, er wusste nicht einmal, wie einer zu bedienen war. Trotzdem hatte er sich schon oft vorgenommen, einen zu kaufen, zuerst aber brauchte er einen Staubsauger. Erwin hätte sich gern in ein Abteil gesetzt, in dem er alleine sein konnte, aber es waren alle besetzt. Er öffnete eine Tür, ein kräftiger Mann mit Glatze schaute kurz auf und las dann weiter in einem Heftchen. Erwin nahm neben dem Fenster Platz, draußen zog ein Fichtenwald vorbei. Als er die Bäume sah, erinnerte er sich, er hatte letzte Nacht von seiner Mutter geträumt. Alleine hatten sie einen Ausflug zum See unternommen und waren Tretboot gefahren. Erwin hatte nie mit seiner Mutter einen Ausflug unternommen, Tretboot fahren waren sie schon gar nicht gewesen. Der Mann war vertieft in sein Heft, manchmal lachte er. Nach einiger Zeit verließ er das Abteil. Erwin warf einen Blick auf das Heftchen, ein Asterix-Comic. Früher hatte er auch Comics gelesen, meist Fix und Foxi oder Micky Maus. Sein Sitznachbar hatte sie immer in die Schule mitgenommen. Selbst hatte er kein Geld für so etwas gehabt, und wenn, hätte er eher eine Wurstsemmel mit Essiggurke gekauft. Später waren seinem Sitznachbarn die Comics langweilig geworden, eines Tages

hatte er ein Pornoheftchen unter seiner Schulbank. Als es die Lehrerin bemerkte, sagte er, Erwin habe es gekauft. Beide mussten daraufhin einige Stunden nachsitzen. Die Schiebetüre ging auf, der Mann musterte Erwin. Im nächsten Moment war er wieder im Comic vertieft. Erwin ließ seinen Blick aus dem Fenster schweifen, in der Ferne sah er schneebedeckte Gipfel. Für die Jahreszeit war das ungewöhnlich, bestimmt wird der Schnee im Laufe der Woche wieder verschwinden, dachte er. Er hörte das Rauschen der Klimaanlage, ihm wurde kalt. An der nächsten Station stieg der Mann aus. Erwin hatte gehofft, er würde das Heftchen liegenlassen, aber er hatte es in seine Jacke gesteckt und war gegangen, ohne sich zu verabschieden. Eine korpulente Frau in einem Trachtenkostüm setzte sich ins Abteil. Das Kleid war blau-weiß gemustert, um den Hals trug sie ein dunkelrotes Tuch. Erwin hatte auch einen Trachtenanzug, einen braunen. Vor Jahren hatte er ihn gekauft, nach wie vor passte er ihm. Nur zu besonderen Anlässen zog er ihn an, wenn er zu einer Hochzeit eingeladen war, was ab und zu vorkam, oder wenn er auf ein Begräbnis musste, was auch manchmal passierte. Begräbnisse waren ihm lieber, da sie weniger lang dauerten, danach gab es meist ein gutes Schnitzel im Wirtshaus. Bei Hochzeiten hingegen brauchte man immer ein Geschenk, was teuer war. Die Frau blickte zu Erwin, sie lächelte ihn an. Er wandte seinen Blick ab. Sein Handy läutete, seine Schwester wollte wissen, wo er sei. Erwin schwieg. Er könne nicht einfach so mit dem Zug durch die Gegend fahren, hörte er ihre wütende Stimme. Er legte auf. Die Frau schaute wieder zu ihm. Ihre Blicke trafen sich.
»Reisen Sie viel?«
Erwin zuckte zusammen. Von einer Frau war er selten angesprochen worden.

»Ab und zu.«
»Beruflich?«
Erwin nickte. Das Gestein erhob sich unmittelbar neben den Gleisen, es hatte den Anschein, als könnte der Zug jeden Moment in eine Felswand donnern. Plötzlich war es dunkel. Erwin hörte das Rattern des Zuges. Bald hatten sie wieder Tageslicht. Die Frau blickte vor sich hin, ihre Miene war ernst geworden. Wenig später erhob sie sich und fragte Erwin, ob er auf ihre Tasche aufpassen könne. Erwin hatte ihre Tasche, neben ihr auf dem Sitz, gar nicht bemerkt. Die braune Farbe passte gar nicht zu ihrer Tracht. Erwin nickte. Die Frau verließ das Abteil. Er betrachtete die Tasche, wechselte den Sitzplatz und vergewisserte sich mit einem Blick auf den Gang, dass ihn niemand sehen konnte. Er zog den Reißverschluss der Tasche zurück und begann zu wühlen; er schnupperte daran. Er schloss die Tasche und setzte sich auf seinen Platz.
Im selben Moment öffnete die Frau das Abteil, sie schaute zu Erwin, der abwesend aus dem Fenster blickte. Der Geruch der Tasche hatte Erwin an seine Schwester erinnert. Möglicherweise verwendeten sie das gleiche Parfüm, auch das Tuch in ihrer Tasche roch ähnlich.
»Ich wünsche Ihnen noch eine schöne Reise!«
Erwin blickte überrascht zur Frau. Ihre Zöpfe hingen ihr ins Gesicht, ihre kräftigen Waden sprangen ihm ins Auge. Sie hatten sich kaum unterhalten, aber er hatte ihre Anwesenheit gemocht. Als sich die Tür hinter ihr schloss, spürte Erwin wieder die Klimaanlage. Der Zug hielt. Mit der braunen Tasche sah er sie am Fenster vorbeigehen, er blickte nochmals auf ihre Waden.
Sie öffnete die Tür des Bahnhofsgebäudes und verschwand. Der Zug rollte an. Erwin starrte auf den leeren Platz, seine Gesichtszüge waren hart geworden. Eine halbe Stunde

später verließ er am Hauptbahnhof Salzburg den Zug. Er lief den Bahnsteig entlang, fuhr mit der Rolltreppe in die Bahnhofshalle. Zeitungsverkäufer standen am Eingang, eine Touristengruppe lief durch die Halle. Vor dem Bahnhof ging er zu einem Imbissstand, eine ältere, übergewichtige Frau mit grauen Haaren stand hinter der Theke. Erwin stellte sich neben zwei Männer, beide unrasiert und einen Kopf größer als er, jeder mit einer Bierflasche in der Hand. Erwin bestellte eine Leberkässemmel. Lange hatte er keine mehr gegessen, bestimmt schon einige Monate. Die Frau holte den Leberkäse aus einem Plastikbehälter und schnitt ein Stück ab. Ihre Finger unterschieden sich farblich kaum vom Leberkäse. Mit einer Serviette reichte sie ihm die Semmel.

»Drei Euro neunzig«.

Erwin sah sie überrascht an, noch nie hatte er eine Leberkässemmel um drei Euro neunzig gegessen. Er legte ihr lauter Zehn- und Zwanzig-Cent-Stücke auf das Pult. Verärgert blickte sie ihn an. Erwin drehte sich um und ging davon. Im Bahnhof setzte er sich auf eine Stufe vor einem Café. Der Geschmack des Leberkäses gab ihm ein heimeliges Gefühl.

Mehrere Männer in Anzügen standen in der Mitte der Halle und unterhielten sich. Frauen in Kostümen, dann wieder welche in Jeans, auch manche mit engen Röcken gingen vorbei. Die Frauen in Salzburg erschienen ihm hübscher und besser gekleidet als in seiner Stadt. Nur die Art ihres Ganges gefiel ihm nicht. Sie stolzierten beinahe. Nicht mit einer einzigen hatte er Blickkontakt. Er schien gar nicht zu existieren. Er wischte seine Finger mit der Serviette ab. Erwin überlegte, was er tun sollte. Hatte ihm noch vor einigen Stunden die Vorstellung gefallen, bald in Salzburg zu sein, so verspürte er nun nicht die geringste Lust, durch die Straßen von Salzburg zu laufen. Von Salzburg wusste er bloß, dass Mozart hier gelebt hatte. In der Schule war ihm gesagt worden, er wäre zu seiner Zeit der weltbeste Musiker gewesen. So ähnlich wie Michael Jackson, nur dass er kein Geld gehabt hätte und in Salzburg hätte leben müssen. Erwin blickte auf die blaue Anzeigetafel in der Mitte der Halle. Die Reisemöglichkeiten hatten sich verdreifacht, wenn nicht sogar vervierfacht. Er konnte jetzt nach Wien Westbahnhof fahren, aber auch nach Linz oder Bludenz. Innsbruck wäre eine weitere Möglichkeit. Immer mehr Leute füllten die Bahnhofshalle, der Lärmpegel stieg. Erwin wurde unwohl, die Leberkässemmel lag ihm schwer im Magen. Er hatte Durst. Aber wenn eine Leberkässemmel drei Euro neunzig kostete, würde Mineralwasser bestimmt auch teuer sein.

Am Waschbecken in der WC-Anlage nahm er einen Schluck Wasser. Er stellte sich an ein Pissoir. Zuerst bemerkte er nur den Schatten neben sich. Dann sah er, wie ein rotwangiges Gesicht mit breiter Nase auf sein Geschlechtsteil starrte. Erwin zog den Reißverschluss hastig zu und verließ die Toilette. Ein Bursche mit einem Tramperrucksack hatte sich auf die Stufe gesetzt. Erwin blickte auf die Anzeigetafel. In zehn Minuten würde ein Zug in seine Heimatstadt fahren. Der Mann mit roten Wangen und breiter Nase ging an ihm vorbei. Erwin sah, wie er sich ins Café setzte.

Bald nach der Abfahrt kam die Schaffnerin. Sie hatte rötliches Haar, war nicht allzu groß, nur wenig größer als er. Sie würde gut zu ihm passen. Er reichte ihr die Karte.

»Wissen Sie, wann wir in Bischofshofen sind?«

»17 Uhr 23.«

»Und in Schwarzach-St. Veit?«

»Fünfzehn Minuten später«, erwiderte sie und gab ihm die Karte zurück. Erwin blickte ihr hinterher, ein paar Bänke weiter unterhielt sie sich mit einer jungen Frau. Er lehnte sich zurück, auf den Feldern sah er einige Heuballen, seine Augen wurden schwer. Als er aufwachte, war es draußen bereits dunkel. Ihm gegenüber schlief ein Mann in blauer Arbeitsmontur.

Beinahe hätte Erwin vergessen auszusteigen. Erst im letzten Moment erkannte er das Bahnhofsgebäude. Er ging durch die leere Wartehalle, vorbei am Venedig-Plakat, hinaus auf die Straße. Die Straßenlaternen leuchteten. Ein Mann torkelte aus einem Café. Erwin hatte noch nie einen Rausch gehabt und Leute, die zu viel Alkohol tranken, waren ihm nicht geheuer. Ein betrunkener fremder Mann hatte ihn einmal in einer Bar geküsst, was ihm sehr unangenehm gewesen war. Erwin sah hinauf zu den Sternen. Plötzlich bemerkte er eine Sternschnuppe, ein flackerndes Licht zog über den Himmel. Erwin erinnerte sich, jetzt durfte man sich was wünschen. Aber er wünschte sich nichts. Er wollte nach Hause in sein Bett, schnell ging er über eine Brücke, er hörte das Rauschen des darunter fließenden Baches. Am Ende der Straße bog er nach links ab. Von weitem sah er die Beleuchtung seines Stammcafés, er überlegte, die Kellnerin aufzusuchen, schob den Gedanken aber wieder beiseite.

Als er in seinem Pyjama im Bett lag, musste er an die Waden der Frau im Trachtenkostüm denken. Er überlegte, ob sie mit einem Mann oder alleine im Bett schlief. Ob sie ein Nachthemd trug oder nackt war. Kurz danach schlief er ein.

ERWIN FUHR mit dem Bus in sein Dorf. Mittwochs aß er meist zu Mittag bei seiner Familie. Er saß am Tisch und blickte zum Schwager. Manfred hatte ihm gegenüber Platz genommen und blätterte gelangweilt in der Zeitung. Eigentlich war das immer sein Platz gewesen. Erwin nahm seinen Löffel, der am hinteren Rand eine kleine Verzierung aufwies. Mit ihm hatte er in den letzten Jahren immer seine Suppe gelöffelt. Nie hatte er mit einem anderen Löffel gegessen, eher hätte er auf die Suppe verzichtet. Der Suppenteller hingegen war ihm egal, den musste er auch nicht in seinen Mund stecken. Erwins Schwester stellte den Suppentopf mit der Nudelsuppe auf den Tisch, nahm Erwins Teller und schöpfte ein. Danach nahm sie den Teller des Vaters, der sich neben Erwin gesetzt hatte, und zuletzt den ihres Mannes, der noch immer Zeitung las. Erwin rührte mit dem Löffel im Teller herum.
»Und, wie sind die Mädchen in Salzburg?«, wollte plötzlich der Schwager wissen. Erwin warf ihm einen bösen Blick zu und begann seine Suppe zu löffeln.
»In Salzburg wirst keine Arbeit finden«, meinte die Schwester. Erwin löffelte weiter, als hätte er nichts gehört.
»Hast in Salzburg das Reden verlernt«, hörte er wieder die Stimme seines Schwagers.
»Wenn du nichts zu tun hast, kannst auch mir helfen«, fuhr er fort. Erwin dachte an die Frau mit der Tracht, von der er nachts geträumt hatte. Sie war plötzlich in seinem Zimmer gewesen und hatte sich mit ihrer Tracht zu ihm ins Bett gelegt. Sofort hatte sie ihn in ihre Arme genommen und

ihn zu drücken begonnen, er meinte ersticken zu müssen. Außer Atem war er aufgewacht.
»Willst noch was von der Suppe?«, fragte die Schwester, die rechts von ihm Platz genommen hatte. Erwin schüttelte den Kopf.
»Du wirst noch ein Sandler!«, hörte er wieder den Schwager.
»Besser Sandler als dein Knecht«, erwiderte Erwin und schob den Suppenteller zurück. Der Vater legte den Löffel weg und blickte kopfschüttelnd zu Erwin. Die Schwester erhob sich und holte eine Pfanne mit faschierten Laibchen und einen Topf mit Erdäpfelpüree. Erdäpfelpüree war Erwins Lieblingsspeise und die ganze Busfahrt über hatte er sich darauf gefreut.
»Dann brauchst aber nicht mehr heimkommen«, sagte der Schwager.
Erwin hätte ihm nun gern das Erdäpfelpüree ins Gesicht gedrückt, aber er blieb still und holte sich ein Laibchen aus der Pfanne.
»Hast dir überhaupt ein Essen verdient?«, setzte Manfred nach, während er mit seiner Gabel ein faschiertes Laibchen aufspießte.
»Jetzt wird gegessen«, versuchte die Schwester zu beruhigen. Durchs Fenster sah Erwin einen Traktor vorbeifahren. Er stocherte im Püree, ab und zu blickte er zu seinem Vater. Seine Schwester wollte wieder wissen, ob er die Miete schon bezahlt habe. Erwin schwieg, den Kopf tief über seinen Teller gebeugt. Als er nicht antwortete, erzählte Ingrid, seine Tante Gerda sei auf Kur in Bad Gastein, da sie Wasser in den Füßen habe und kaum noch gehen könne. Gerda war die älteste Schwester seines Vaters und Erwins Lieblingstante. Immer wenn sie früher zu Besuch gekommen war, hatte sie ihm ein Geschenk mitgebracht

und ihn gegen Angriffe seiner Schwester verteidigt. Erwin zerstückelte langsam ein faschiertes Laibchen und tauchte ein Stück davon ins Püree.

»Ich hab gedacht, es interessiert dich, bist ja sonst auch immer besorgt um sie gewesen.«

»Aber nur, weil sie ihm immer einen Hunderter zugesteckt hat«, sagte Manfred. Erwins Augen funkelten, hätte er Krallen gehabt, hätte er sie in das Gesicht seines Schwagers geschlagen. Er umklammerte seine Gabel. Der Vater hatte fertig gegessen und schob den Teller ein Stück von sich. Erwin war der Appetit vergangen, er stand auf und stellte den Teller in die Abwasch.

»Schmeckt dir unser Essen nicht mehr, bist jetzt was Besseres gewohnt?«, rief der Schwager ihm nach. Erwin reagierte nicht, sondern setzte sich wieder. Er spürte den Blick des Schwagers. Die Schwester nahm die übrigen Teller vom Tisch. Manfred blätterte wieder in der Zeitung, während der Vater geistesabwesend neben ihm saß. Immer schon hatte er wenig gesprochen, aber nach dem Tod der Mutter war er beinahe ganz verstummt. Erwin hielt das Wasserglas, es kam ihm vor, als würde er unter den Tisch gezogen, dorthin, wo er sich als Kind versteckt hatte. Im hintersten Eck war er oft stundenlang gekauert. Seine Mutter hatte ihn dann hervorgezerrt. Gern hätte er sich nun von seiner Mutter an den Haaren herausziehen lassen. Ingrid ließ Wasser in das Abwaschbecken und erzählte ihm, der Loiblbauer sei vor zwei Tagen verstorben. Am Abend sei er trotz seines schwachen Zustandes in den Stall gegangen und habe sich von jeder Kuh einzeln verabschiedet. Am nächsten Tag sei er tot in seinem Bett gelegen. 94 Jahre alt sei er geworden. Erwin hatte den Loiblbauer schon länger nicht mehr gesehen. Früher, als er noch in einer besseren körperlichen Verfassung gewesen war, war er öfter durch das Dorf spaziert.

Manchmal war er in die Küche gekommen und hatte sich mit dem Vater unterhalten. Seinen Hut hatte er dabei nie abgelegt. Erwin tat es leid um den Loiblbauer, den er gern gemocht hatte. Der Vater stand auf und verließ den Raum. Nach einigen Minuten kam er mit einem 100-Euro-Schein. Er drückte ihn Erwin in die Hand.

»Für die Miete.«

Stumm blickte Erwin seinen Vater an und steckte die 100 Euro in seine Hosentasche.

»Jetzt kannst deiner Freundin einen ausgeben«, hörte er den Schwager sagen. Der Vater ging aus dem Zimmer und außen am Fenster vorbei. Erwin rutschte unruhig auf seinem Stuhl. Seine Schwester tauchte das Geschirr in das heiße Wasser. Sie holte einen Teller aus dem Becken und trocknete ihn ab. Erwin beobachtete sie. Früher hatte den Abwasch seine Mutter gemacht. Erwin nahm noch einen Schluck Wasser und zog seine Jacke an. Sein Schwager hob den Kopf.

»Ich fahr wieder«, meinte Erwin und schaute etwas hilflos zu Ingrid.

»Was hast denn für einen Stress?«, wollte sie wissen.

Erwin schaute sie stumm an. Seine Lippen zuckten, als ob er etwas sagen wollte, aber dann presste er sie wieder fest aufeinander.

»Brauchst noch was, Speck oder ein paar Würste?«

Erwin schüttelte den Kopf und ging zur Tür. Sein Schwager las weiter Fußballartikel, wie er beim Vorbeigehen sehen konnte. Erwin schloss die Küchentür hinter sich, ging durch den Vorraum und verließ durch den Hintereingang das Haus. Er überlegte, nach dem Fahrrad zu sehen, ließ es dann aber bleiben. Er ging die Dorfstraße entlang. Er hörte das laute Quieken einer Sau, im nächsten Moment sah er, wie sie an beiden Ohren vom Nachbarn über den

Hof gezogen wurde. Erwin ging schnell weiter. Kurz darauf hörte er einen Schuss. Erwin zuckte zusammen, er wusste, das Schwein war tot. Er erreichte den Bahnhof, der nicht weit vom Dorf entfernt war. Er setzte sich auf eine Holzbank, schaute über die Landschaft zum Bauernhof. Das Schwein war jetzt wohl schon im Sautrog, wo die Borsten mit einer Kette abgerieben würden. Erwin hatte das als Kind oft beobachtet. Er dachte an Tante Gerda, die ihn immer mit Süßigkeiten verwöhnt hatte. Er beschloss, sie im Sanatorium zu besuchen.

»Hallo, Erwin«, hörte er plötzlich eine Stimme hinter sich. Erwin drehte den Kopf zur Seite und sah Franz, den Mesner.

»Lässt dich ja gar nicht mehr anschauen«, fuhr er fort und reichte Erwin die Hand. Erwin roch den Alkohol in seinem Atem. Franz arbeitete, seit sich Erwin erinnern konnte, in der Kirche und sammelte sonntags mit dem Klingelbeutel Geld ein. Es hieß, manchmal verginge er sich am Wein des Pfarrers. Erwin hatte sich immer gewundert, wie er es mit seiner schmächtigen Gestalt schaffte, den schweren Klingelbeutel, der an einer langen hölzernen Stange befestigt war, durch die Bänke zu tragen.

»Hast immer viel zu tun?«

»In letzter Zeit schon«, antwortete Erwin leise.

»In der Kirche ist auch immer viel los. Erwin, ich sag's dir, das Leben ist nicht einfach«, seufzte der Mesner.

»Die Leute wissen ja gar nicht, was sie haben an mir. Ohne mich hätten sie den Laden längst zusperren müssen. Sonntags bin ich schon um sechs in der Früh in der Kirche und richte alles her, die Kerzen, die Hostien. Und während der Woche ist auch immer was los. Es stirbt immer einer«, redete er auf Erwin ein. Der Mesner hatte sich kaum verändert, bloß ein paar Falten waren mehr auf seiner Stirn. Er

ähnelte mehr und mehr einem in die Jahre gekommenen Rockstar, dachte Erwin, als er die Sonnenbrille in seiner Hemdtasche stecken sah. Franz musterte Erwin. »Aber gut schaust aus. Wo treibst dich immer herum?«
Erwin sah, wie die Bahnschranken heruntergingen.
»Ich wohne jetzt in der Stadt.«
»Deine Schwester hat mir davon erzählt.«
Er hörte das Quietschen des Zuges. Der Mesner wankte auf den Zug zu und stieg ein. Erwin folgte ihm.
»Das Klingelbeuteltragen hat mein Kreuz ruiniert«, jammerte Franz, als sie sich auf eine Bank im Mittelteil des Waggons setzten. Erwin schaute ihn an. Der Mesner war immer nett zu ihm gewesen und hatte es nicht verdient, dass ihm das Kreuz wehtat. Das hat man davon, wenn man für den Herrgott Geld einsammelt, dachte Erwin.
»Hast du eine neue Arbeit?«, fragte ihn der Mesner nach einiger Zeit.
»In Salzburg.«
»Und eine Freundin auch?«
Erwin schüttelte den Kopf.
»Recht hast. Mit den Frauen ist das so eine Sache. Pass nur auf, Erwin. Deswegen bin ich mit dem da oben alleine«, meinte der Mesner und deutete mit seinem krummen Finger zur Decke.
»Aber mir geht auch nichts ab«, fügte er nach einigen Augenblicken hinzu. Erwin schwieg. Die Kirche des Nachbardorfes kam ins Blickfeld. Der Zug rollte in die Station. Franz erhob sich und schüttelte Erwin kräftig die Hand.
»Lass dich mal wieder in der Kirche anschauen. Am Samstag gibt es eine Hochzeit, am Sonntag um neun ist Gottesdienst. Danach Frühschoppen.«
Der Mesner schwankte zum Ausgang. Er versuchte, die Tür zu öffnen, rutschte aber mit seinen Händen ab. Erst

im zweiten Versuch schaffte er es. Als Erwin aus dem Fenster blickte, sah er, wie sich Franz am Bahnsteig nach etwas bückte.
Ein paar Stunden später war Erwin wieder in seiner Wohnung. Er holte eine Landkarte aus einem Regal und suchte Bad Gastein, das irgendwo in den Bergen liegen musste. Dann holte er seine Tasche, gab zwei Hemden hinein, drei Unterhosen, drei Paar Socken und seine Zahnbürste. Anschließend stellte er die Tasche neben die Tür, als wollte er sichergehen, sie beim Weggehen nicht zu vergessen. Bereits um zehn lag er im Pyjama im Bett. Er stellte den Wecker auf sechs Uhr und schlief sofort ein.

ERWIN ZOG den Vorhang beiseite. Vom Stuhl nahm er seine Lieblingsjeans und sein blau kariertes Hemd und zog sie an. Er stellte sich vor den Spiegel und frisierte sich. Dann nahm er seine Tasche und ging aus der Wohnung.
Als Erwin den Zug in Bad Gastein verließ, stieß er mit dem auf dem Bahnsteig stehenden Schaffner zusammen. Erwin hatte seinen Blick auf die gleich hinter dem Bahnhof steil nach oben führende Seilbahn gerichtet gehabt und den Mann nicht gesehen.
»Entschuldigung«, murmelte er. Der Schaffner betrachtete ihn verwirrt. Ohne sich weiter um ihn zu kümmern, ging Erwin ins Bahnhofsgebäude. An der linken Seitenwand, neben dem Fahrplan, hing ein mit Nummern versehener Ortsplan. Die höchste Nummer war 161 – die Dorfkirche, weiters konnte Erwin ein Pensionistenheim, die Polizeistation, das Kongresszentrum und mehrere Hotels auf dem Plan entdecken. Sogar ein Casino gab es in der Mitte der Ortschaft. Vielleicht hielt sich seine Tante dort manchmal auf, überlegte er, als er nach längerer Suche kein Kurhotel auf dem Plan finden konnte. Seine Schwester hätte ihm die Adresse aufschreiben sollen. Erwin verließ die Halle und blickte hinauf zu den Berggipfeln; er überquerte die Straße und betrat das gegenüberliegende Lokal. Neben der Theke wurde an einem Drehspieß eine Fleischmasse gegrillt. Erwin mochte keinen Kebab, er aß lieber Käsekrainer, noch lieber aber ein Paar Frankfurter. Er setzte sich an einen Tisch neben dem Eingang. Ein schwarzhaariger Mann mit kleinem Schnauzbart fragte ihn, was er trinken wolle.

Erwin bestellte sich ein Cola. Er blickte aus dem Fenster. Wanderer mit Rucksäcken gingen vorbei, manche mit Stöcken. Irgendwie hatte sich Erwin Bad Gastein anders vorgestellt, kleiner und idyllischer. Als der Kellner ihm das Cola brachte, fragte Erwin ihn nach dem Kurhotel.
Es gebe mehrere, das größte befinde sich ganz in der Nähe, antwortete der Mann. Er müsse die Straße entlang, dann rechts und einfach geradeaus gehen. Dort könne er sich ja nochmals erkundigen. Erwin bedankte sich und nahm einen Schluck Cola. Vom Drehspieß schnitt ein Mann mit einem langen, schmalen Messer kleine Fleischschnipsel ab. Ein wenig erinnerte ihn das Messer an das Messer des Fleischhauers, der einmal im Jahr zu ihnen auf den Hof kam. Meist im November erschien er und zerlegte mehrere Säue. Erwin bezahlte und verließ das Lokal. Von weitem glaubte er, das Rauschen eines Gebirgsbaches zu hören. Je weiter er ging, umso stärker wurde es. Plötzlich stand er mitten im Dorf vor einem Wasserfall. Gleich neben einem alten Haus stürzten die Wassermassen in die Tiefe, wo sie aufs Gestein prallten.
Seiner Tante würde dieser Wasserfall bestimmt gefallen. Erwin schaute eine Weile fasziniert zu, bis ihm schwindlig wurde. Er ging weiter, bog an der nächsten Kreuzung rechts ab, nach einigen hundert Metern kam er zu einem Gebäudekomplex. Erwin öffnete die Glastür. An der Rezeption saß eine junge Frau, kaum älter als zwanzig, mit hellen, blauen Augen. Er fragte sie, ob eine Frau Hassler hier auf Kur sei. Ohne weiteres könne sie das nicht sagen, da mehr als fünfhundert Kurgäste da seien, erklärte sie ihm. Sie schaute in ihren Computer.
»Sie haben Glück, eine Frau Hassler ist tatsächlich hier auf Kur. Wenn Sie wollen, kann ich sie rufen lassen.«
Erwin nickte. Sie nahm den Telefonhörer und wählte eine

Nummer. Erwin setzte sich auf die Bank in der Eingangshalle. Hinter einer Glastür sah er ein Schwimmbad, das beinahe dreimal so groß war wie der Kuhstall zu Hause. Erwin konnte nicht schwimmen. Wasser war ihm unheimlich. Wenn er mit dem Dampfer über den See fuhr, hatte er ein mulmiges Gefühl. Nachher war er immer froh, wieder festen Boden unter den Füßen zu spüren. Eine Tür ging auf und Tante Gerda stand in der Halle. Wie viele Monate hatte er sie schon nicht mehr gesehen? Sie schien um Jahre gealtert zu sein. Als sie Erwin sah, schlug sie ihre Hände zusammen und rief seinen Namen. Erschrocken blickte er zur Rezeptionistin, die am Computer arbeitete. Aber sie schaute nicht zu ihm. Seine Tante umarmte ihn. Ihr Gesicht war eingefallen, ihre weißen Haare kamen Erwin noch weißer vor, als wären sie weiß lackiert, wie der Gartenzaun, den sein Schwager unlängst gestrichen hatte. Sie drückte ihm einen Kuss auf die Wange.

»Erwin«, stammelte sie, »wie bist du denn hergekommen?«

»Mit dem Zug.«

»Aber das ist ja so weit. Wegen mir hättest nicht kommen brauchen.«

»Ich wollt nur wissen, wie es dir geht.«

»Ach, da brauchst du dir keine Sorgen machen. Ich hab genug Verehrer hier.«

Seine Tante war nie verheiratet gewesen und er wunderte sich, warum sie nun über ihre Männerbekanntschaften sprach.

»Erwin, du bist schon noch ledig?«

Erwin nickte. Sie setzten sich auf die Bank.

»Recht hast, bist ja noch jung. Die Frauen wollen nur dein Geld.« Sie holte etwas aus ihrer Jackentasche und steckte ihm einen 50-Euro-Schein zu.

»Damit du dir eine Schokolade kaufen kannst.«
Erwin schaute sie überrascht an. Er roch ihren Haarspray. Er bemerkte die Bartstoppeln an ihrem Kinn. Sie nahm seine Hände und streichelte sie.
»Erwin, du bist der Einzige, der mich besuchen kommt.«
Erwin spürte ihren Atem. Früher war sie mit ihm auf den Spielplatz gegangen. Genau konnte er sich noch daran erinnern, wie sie ihm eines Tages einen Drachen mitgebracht hatte. In den folgenden Wochen hatte er versucht, ihn steigen zu lassen, was ihm aber nicht gelang. Der Wind sei einfach zu schwach, hatte sein Vater gemeint.
Wie es der Schwester gehe und ob sie schon schwanger sei, erkundigte sich die Tante. Erwin entzog seiner Tante die Hand und stand auf. Dass ihn sein Schwager zum Onkel machen könnte, hatte er sich noch nicht überlegt. Bestimmt ist der Schwager unfruchtbar, versuchte er sich zu beruhigen.
»Ingrid geht es gut. Sie lässt dir schöne Grüße ausrichten.«
Erwin setzte sich wieder. Seine Tante erzählte ihm von den Massagen, die sie täglich bekam. Ein Herr Kovacic, ein netter Mann, aber keiner zum Heiraten, massiere ihr meist den Rücken. Zweimal sei er schon verheiratet gewesen, verriet sie ihm. Erwin schaute zur Rezeptionistin, die gerade telefonierte.
»Frau Hassler, Ihre Massage beginnt bald«, hörte Erwin eine weibliche Stimme hinter sich.
Als seine Tante die Therapeutin bemerkte, eine kräftige Frau mit rot leuchtenden Wangen, griff sie nach ihrer Hand.
»Das ist Erwin, mein Neffe. Ein fescher Mann, nicht wahr?«
Die Therapeutin lachte. Sie schüttelte Erwin die Hand und stellte sich als Ingeborg vor. Erwin gefiel das Lachen

der Frau, wenngleich ihre schief stehenden Vorderzähne dabei zum Vorschein kamen. Seine Tante habe ihr schon viel von ihm erzählt, gern könne er öfter mal zu Besuch kommen, erklärte sie ihm. Erwin starrte ins Gesicht der Therapeutin und fragte sich, was seine Tante ihr erzählt haben könnte. Neben ihrer Nase bemerkte er ein kleines, dunkles Muttermal.
Und die Bergluft würde ihm bestimmt auch nicht schaden, fuhr sie fort. Ihr Handy läutete, im nächsten Moment war sie wieder hinter einer Tür verschwunden. Seine Tante schwieg. Irgendwas schien sie traurig zu machen.
»Der Herr Kovacic kann ruhig ein bisschen warten«, sagte sie und nahm wieder seine Hände.
»Richt dem Vater einen schönen Gruß aus.«
Sie drückte Erwin einen Kuss auf die Wange. Er spürte ihre an seiner Haut reibenden Bartstoppeln.
»Schön, dass du mich besuchen kommen bist.«
Die Tante erhob sich und ging zur Tür, hinter der zuvor schon die Therapeutin verschwunden war. Erwin blickte zur Schwimmhalle. Ein fettleibiger Mann sprang ins Schwimmbecken. Kleine Wellen schwappten über den Beckenrand. Erwin ließ seinen Blick zur gläsernen Decke schweifen. Ein paar Vögel hatten sich darauf niedergelassen. Am liebsten würde er bei seiner Tante bleiben und auch eine Kur machen. Aber dazu war er noch zu jung. Mit fünfzig würde er auch zur Kur geschickt werden. Auch wenn er nicht arbeitete und oft arbeitslos war, würde er eine Kur verdient haben. Er hoffte, die Therapeutin würde dann noch hier arbeiten. Auch wenn sie nicht mehr so hübsch sein sollte. Erwin verließ das Hotel. Er kam wieder am Wasserfall vorbei, der ihm nun noch mächtiger erschien. Das Rauschen beruhigte ihn. Mehrere Wanderer, alle mit großen Rucksäcken, blieben an der Absperrung stehen und

fotografierten. Erwin ging zur Seite und stellte sich hinter die Gruppe. Er wollte nicht auf den Fotos zu sehen sein. Bestimmt würde man seine abstehenden Ohren bemerken. Erwin ging zum Bahnhof zurück. Vor dem Gebäude setzte er sich und sah hinüber zum türkischen Lokal. Der Kellner winkte ihm. Er winkte zurück. Ein mit Autos vollgeladener Güterzug ratterte vorbei. Erwin schaute hinauf zu der Seilbahn und stellte sich vor, wie seine Tante vom Herrn Kovacic massiert wurde. Ein Zug näherte sich, die Waggons schlängelten sich an den grünen Hängen entlang. Erwin nahm seine Tasche und eilte zum Bahnsteig.

Als er die Stufen in den Zug hinaufstieg, griff er nach dem 50-Euro-Schein in seiner Hosentasche. Erwin setzte sich in den Speisewagen. Bei einem Burschen mit glattrasiertem Kopf bestellte er Frankfurter und ein Cola. Erwin fragte sich, warum er nicht Zugkellner geworden war. Bestimmt wäre es ein guter Job, er würde in der Welt herumkommen und Leute kennenlernen. Beim nächsten Termin am Arbeitsamt wollte er mit seiner Betreuerin ein Gespräch darüber führen. Unten im Tal sah er kleine Dörfer, auf einer steilen Wiese inmitten einer Kuhherde einen fahrenden Traktor.

Der Kellner brachte ihm die Frankfurter und das Cola. Erwin biss in die Wurst und nahm ein Stück von der Semmel. Draußen zogen aufeinander geschlichtete Baumstämme vorbei, dann wieder riesige Gesteinsbrocken. Die Frankfurter schmeckten ihm, mit drei weiteren Bissen hatte er sie aufgegessen. Er nahm einen Schluck Cola.

Der Zug fuhr an dichten Wäldern vorbei. Erwin bezahlte, im nächsten Waggon setzte er sich in ein Abteil. Ein Mann mit kleinem Bauch und etwas schütterem Haar las Zeitung. Erwin verstaute seine Tasche im Gepäckfach. Der Mann nickte Erwin zu, als er sich setzte. Erwin nickte ebenfalls.

Eine Zeit lang musterte der Mann Erwin, dann las er weiter. Erwin überlegte, was der Mann von Beruf war, kam aber zu keinem Ergebnis.
»Wohin fahren Sie?«, wollte der Fremde auf einmal wissen.
»Innsbruck«, antwortete Erwin.
»Wohnen Sie dort?«
Erwin schüttelte den Kopf.
»Haben Sie eine Freundin dort?«
Wieder schüttelte Erwin den Kopf.
»Was machen Sie dann dort?«
Erwin schwieg. Mit verschränkten Armen saß er auf seinem Platz. Der Mann holte eine Dose Bier aus seiner Jackentasche und öffnete sie. Er nahm einen Schluck und blickte wieder zu Erwin.
»Sehr gesprächig sind Sie aber nicht.«
Erwin reagierte nicht. Er überlegte, das Abteil zu wechseln.
»Und haben Sie eine Freundin in Innsbruck?«, fragte Erwin plötzlich. Der Mann schaute zu Erwin. Dann lachte er.
»Was heißt eine, zwei habe ich dort. Eine habe ich auch in Wiener Neustadt, eine in Wels. Jede Woche ein neues Glück.«
Erwin war verblüfft. Noch nie hatte er einen Mann mit so vielen Freundinnen kennengelernt. Am Bauch des Mannes konnte es nicht liegen. Vielleicht war er einfach nur ein Angeber.
»Und wo haben Sie Ihre Freundinnen kennengelernt?«, erkundigte Erwin sich.
Der Mann nahm einen Schluck von seinem Bier und schüttelte die Dose. Als er sicher war, dass sie leer war, warf er sie in den Abfalleimer.
»Im Internet. Ist am einfachsten.«

Erwin hatte schon davon gehört, dass man im Internet Frauen kennenlernen konnte, sich aber nie wirklich damit beschäftigt.

»Und das geht so leicht?«, fragte Erwin.

»Die meisten Paare finden sich heutzutage übers Internet.«

Erwin dachte nun wieder daran, sich einen Computer anzuschaffen.

»Wenn Sie wollen, schreibe ich Ihnen gerne die Internetadresse auf.«

Noch bevor Erwin eine Antwort geben konnte, zog der Mann einen Stift aus seiner Jacke und schrieb etwas auf das Zeitungspapier. Er riss einen Streifen ab und reichte ihn Erwin. *www.singleforyou.com*, las Erwin.

»Einfach einloggen und los geht's.« Der Mann schaute zufrieden zu Erwin.

»Und das kostet nichts?«

»Vollkommen gratis.«

Erwin steckte den Streifen in seine Brieftasche.

»Sie brauchen ja nicht gleich heiraten«, fügte der Mann hinzu.

»Und was machen Sie bei so einem Date?«

»Fritz«, stellte der Mann sich vor und erklärte, dies sei von Fall zu Fall verschieden. Oft trinke man nur gemeinsam einen Kaffee und die Wege trennten sich wieder. Manchmal werde man aber auch mit nach Hause genommen, wo einem Wein oder Cognac angeboten werde. Natürlich mit der Absicht, dass man auch über Nacht bleibe. Am nächsten Morgen könne es aber schon passieren, dass man keinen Kaffee mehr bekomme und relativ rasch das Haus verlassen müsse. Auch das komme leider hin und wieder vor.

»Sind Sie schon lange im Geschäft?«, fragte Erwin, den die Geschichte immer mehr zu interessieren begann. Der Mann

zog aus seiner Brieftasche ein Foto hervor. Eine hübsche blonde Frau auf einem Fahrrad war darauf zu sehen.
»Das ist die Uschi, aus Wiener Neustadt.«
Er zeigte ihm ein zweites Bild von einer dunkelhaarigen Frau.
»Und das ist die Gerda aus Bischofshofen.«
Erwin war beeindruckt. Wäre er ihm auf der Straße begegnet, hätte er es nicht für möglich gehalten, dass der Mann auch nur eine Freundin habe.
Nun hatte er gleich mehrere, obwohl er aussah, als hätte er einige Monate in einem Mostfass verbracht. Erwin schöpfte Hoffnung, möglicherweise könnte auch er eine Freundin im Internet finden. Die Tür ging auf, eine schlanke junge Dame mit einer Hundebox in der Hand kam ins Abteil.
»Ist da noch frei?«, wollte sie mit leiser Stimme wissen.
»Natürlich«, antwortete der Mann.
Die Frau setzte sich neben Erwin. Die Hundebox mit Hund stellte sie auf den Sitz gegenüber.
»So ein fescher Hund, wie heißt denn der Kleine?«, fragte Fritz und steckte seinen Finger zwischen die Stäbe.
»Kasimir«, antwortete die Frau.
»Seltsamer Name für einen Hund«, meinte der Mann und zog seinen Finger wieder zurück. Erwin fürchtete sich vor Hunden, aber Kasimir schien harmlos und die Frau gefiel ihm.
»Er hat ein schönes Fell«, sagte Erwin. Der Mann blickte zu Erwin.
»Finden Sie?«
»Und er hat sehr schöne Zähne«, fuhr Erwin fort.
»Sie sind offenbar ein Hundekenner«, meinte der Mann.
Erwin fiel ein, dass der Zuchtbulle seines Nachbarn auch Fritz hieß. Möglicherweise besteht ein Zusammenhang zwischen Namen und der späteren Berufung, dachte Erwin.

»Von klein auf«, log Erwin.
»Tatsächlich?«, sagte die Frau und lächelte Erwin an.
»Nematoden«, meinte Erwin, da er sich plötzlich daran erinnerte, dass der Hund des Nachbarn daran zugrunde gegangen war. Lange hatte er das Wort nicht aussprechen können. Aber jetzt ging es ihm leicht über die Lippen.
»Nematoden«, wiederholte er nochmals.
»Was ist das denn?«, fragte der Mann.
»Hackwurmbefall, absolut tödlich.«
Die Frau schaute ihn entsetzt an. Erwin war sofort klar, dass er etwas Falsches gesagt hatte.
»Aber er hat überlebt. Ein kleines Wunder, hat der Tierarzt gemeint«, fügte er schnell hinzu. Der Blick der Frau hellte sich wieder auf. In Wirklichkeit war der Hund innerhalb von drei Tagen elendig zugrunde gegangen. Damals hatte er sich darüber gefreut, weil der Sohn des Nachbarn ihn oft verprügelt hatte. Erwin blickte zum Hund, der sich niedergelegt hatte. Man hörte sein leises Röcheln.
»Wohin fahren Sie?«, fragte Erwin die Frau.
»Innsbruck. Sie auch?«
Erwin nickte. Er war noch nie in Innsbruck gewesen. Ihm fiel die Skisprungschanze ein, die er zu Neujahr immer im Fernsehen sah. Vielleicht konnte er sie besichtigen. »Die Sprungschanze ist doch in Innsbruck?«
Die Frau schaute ihn an.
»Ja, die ist neu. Besucher können mit dem Aufzug ganz hinauf fahren. Die Aussicht von dort ist einzigartig.«
Erwin war als Kind von den in die Tiefe segelnden Skispringern immer fasziniert gewesen. Der Zug glitt durch die Landschaft. Der Mann war, müde vom Bier, eingeschlafen. Ab und zu schnarchte er ein wenig. Gerne hätte sich Erwin weiter mit der Frau unterhalten, aber sie hatte in einer Illustrierten zu lesen begonnen. Draußen war ein

Sägewerk zu sehen. Erwin stand auf und ging durch die fast menschenleeren Waggons. Im Speisewagen setzte er sich auf seinen Platz von vorhin. Der Kellner wollte eine Bestellung aufnehmen.
»Ich möchte nichts bestellen«, erklärte ihm Erwin.
Auf alle Fälle müsse er was bestellen, falls er hier sitzen bleibe. Er könne anderen Gästen den Platz nicht wegnehmen, bekam er daraufhin zu hören. Erwin entgegnete, er sei der einzige Gast. Und im Übrigen wolle er die 50 Cent Trinkgeld zurück, die er ihm bei seinem letzten Besuch gegeben habe. Der Kellner zuckte mit den Achseln und ging zurück zur Theke. Erwin warf ihm einen bösen Blick hinterher und verließ den Speisewagen.
Als Erwin sein Abteil betrat, schaute die Frau kurz auf, wandte sich aber gleich wieder ihrer Illustrierten zu. Kasimir starrte ihn mit großen Augen an. Der Mann schnarchte. Bald würde er in den Armen von Uschi liegen. Erwin verstand nicht, warum die Frau nicht mehr mit ihm redete. Er hatte nichts Böses gesagt und nur gut über ihren Hund gesprochen. Auf Getreidefeldern zogen hohe metallene Strommasten vorbei. Das Rattern des Zuges ermüdete ihn. Er schlief ein.

»INNSBRUCK«, schrie Fritz ihn an und zerrte an seinem Hemd. Schnell stand Erwin auf. Die Frau mit dem Hund war verschwunden. Erwin nahm seine Tasche und eilte zum Ausgang. Die Dämmerung hatte eingesetzt. Am Bahnsteig schüttelte Fritz Erwin die Hand und wünschte ihm eine schöne Zeit und viel Erfolg bei all seinen Plänen. Erwin schaute sich um.

Die hohen Berge im Hintergrund erschienen ihm bedrohlich. Als könnten sie jeden Moment über die Stadt niederbrechen. Durch eine Unterführung gelangte er in die Bahnhofshalle. Er ging an einem geschlossenen Geschäft mit Würsten in der Auslage vorbei und fuhr mit der Rolltreppe einen Stock höher zum Ausgang. Er überlegte, was er tun sollte, für eine Besichtigung der Sprungschanze war es zu spät. Er hatte noch nie auf einem Bahnhof übernachtet und ein Hotel wäre zu teuer. Zurückfahren, ohne die Schanze gesehen zu haben, wollte er auch nicht. Zwei alte Männer, einer von ihnen mit bloß einem Bein und mit Krücken, standen am Eingang und unterhielten sich. Erwin ging vor das Bahnhofsgebäude. Er erkundigte sich bei einem Taxifahrer, einem jungen Mann mit Baseballmütze und Ohrring, nach der Sprungschanze. Für zehn Euro könne er ihn ohne weiteres hinbringen, erklärte ihm der Mann im starken Dialekt.

Bestimmt fährt auch ein Bus oder eine Straßenbahn zur Schanze, überlegte Erwin. Er ging zurück in die Halle und setzte sich auf eine Wartebank, die in einzelne Sitze unterteilt war. *Sie können Ihre Wartezeit unter Palmen genießen. Aufenthalt ist nur mit gültiger Fahrkarte gestattet,* stand auf einem Schild. Erst jetzt bemerkte er die neben den Bänken aufgestellten Pflanzen. Erwin hatte sich Palmen größer vorgestellt. In der Halle wirkten sie etwas verloren. Wahrscheinlich tat ihnen das Klima hier nicht besonders gut.

Ein vollbärtiger Mann mit zerrissener Hose kam zu ihm und fragte, ob er einen Euro habe. Erwin schüttelte den Kopf.

»Einen Euro.« Die blutunterlaufenen Augen des Mannes starrten ihn an. Ein unangenehmer Geruch überkam Erwin und er drückte ihm 50 Cent in die Hand. Der Mann trottete davon. Erwin fuhr mit der Rolltreppe hinunter und suchte das WC. In einem Gang neben einem Wirtshaus fand er den Eingang. Vier Pissoirs, drei Waschbecken und fünf Kabinen zählte er. Auf eine Kabinentür war ein Schild geklebt: *Wechselgeld im Gasthaus Zum Tiroler.* Erwin urinierte und kehrte zurück zur Bank. Die Halle leerte sich, eine Putzmaschine kreiste durch den Raum. Vor dem Bahnhof wurde die Schlange der wartenden Taxis immer länger. Selten stieg jemand in eines der Autos. Erwin war froh, kein Taxifahrer zu sein. Er konnte gar nicht Auto fahren. Nur mit dem Traktor konnte er fahren. Erwin beobachtete weiter die Putzmaschine, wie sie ihre Kreise zog. Schließlich nickte er ein. Irgendwann in der Nacht wachte er auf. Ihm war kalt geworden. Er hörte Stimmen in seiner Nähe. Erwin drehte sich um und sah drei Männer. Sie lachten, als wären sie betrunken.

»Schau, wer sitzt denn da!«, hörte er einen der Männer rufen.

»Ein Gartenzwerg«, meinte der andere. Erwin war sofort hellwach. Seine Hände ballten sich zu Fäusten. Lachend gingen sie an ihm vorbei, redeten über einen Türsteher,

den sie unbedingt verprügeln mussten. Einer wankte und stolperte. Erwin schaute ihnen hinterher. Dann kramte er in seiner Tasche und zog sich seine Jacke an.
Am Morgen wurde er von einem Zeitungsverkäufer geweckt. Mit einem Stapel Zeitungen hatte er sich neben die Sitzbank gestellt. Erwin verließ den Bahnhof, überquerte den Vorplatz und ging zur Straßenbahnhaltestelle. Einen blondhaarigen Mann mit kantigem Gesicht fragte er nach dem Weg zur Sprungschanze. Der Mann lachte und zeigte nach Süden. Hinter einem Bürokomplex sah Erwin die Schanze. Wie ein exotischer Drache thronte sie über der Stadt. Mit der Straßenbahn 3 drei Stationen, danach müsse er umsteigen und die 1 nehmen, erklärte ihm der Mann. Ein riesiges Adlergesicht klebte auf der gegenüberliegenden Bushaltestelle. Erwin stieg in die Straßenbahn. Fassaden alter Häuser zogen vorbei. Die ersten Sonnenstrahlen fielen durch die Fensterscheiben. Die Berge schienen bei Tageslicht noch näher und bedrohlicher. Der Waggon war beinahe menschenleer. Nur in der letzten Bank saßen, vor sich hindösend, zwei junge Burschen.
Erwin wechselte die Straßenbahn. An der Endstation fragte er eine Frau in blauem Jogginganzug, die ihre beiden Hunde spazieren führte, wie er zur Schanze weitergehen müsse.
»Einfach geradeaus, dann den Waldweg entlang. Ist nicht zu verfehlen.«
Auf der gegenüberliegenden Straßenseite sah er einen Friedhof, weiter hinten eine Autobahnbrücke. Erwin stieg einen schmalen Weg hinauf, vorbei an Fichtenbäumen, bis er zu einem Gebäude kam. *Kaiser-Jägermuseum*, las er auf der Fassade. Erwin mochte keine Jäger, die Jagdprüfung hatte er nie gemacht. Nur auf den Hochsitzen saß er gerne, oft stundenlang. Erwin blickte ins Tal, die Berge waren nun nicht mehr so nah. Zwischen den Bäumen schimmerte die

Schanze hervor. Erwin ging weiter. Vor einem verlassenen Kassahäuschen blieb er stehen. *Neun Euro Eintritt für Erwachsene. Arbeitslose und Präsenzdiener acht Euro*, las er. Acht Euro erschienen Erwin für eine Schanzenbesichtigung zu viel. Außerdem würde die Kassa erst um neun öffnen. Der Eingang war mit hohen Gitterstäben und einem Drehkreuz versperrt. Erwin schaute durch die Stäbe hinauf zur Schanze. Sie kam ihm noch größer vor als im Fernsehen. Erwin schlich einen Drahtzaun entlang. Hinter Sträuchern fand er ein kleines Loch; er zwängte sich durch und erklomm den Auslaufhügel. Die Schanze stand nun entblößt in ihrer ganzen Pracht vor ihm. Der Turm ragte hoch in den Himmel. Erwin blickte auf die darunterliegende Stadt, auf den Friedhof. Sein Blick schweifte zur Autobahnbrücke, die Autos darauf glichen kleinen Zündholzschachteln. *Franz Klammer Olympiasieger 1976*, stand auf einer steinernen Tafel, die ihn ein wenig an die Gedenktafel von Kriegsgefallenen vor der Kirche seines Dorfes erinnerte.
Erwin ging an den verrosteten olympischen Ringen vorbei. Auf der Seite, neben dem Aufsprunghügel, stieg er die Treppen hinauf. Erwin stellte sich vor, wie er über den Schanzentisch fuhr und hinuntersegelte, fanatische Zuseher kreischten seinen Namen. Im letzten Abschnitt erfasste ihn ein Aufwind und er stellte einen neuen Schanzenrekord auf. Mit einem perfekten Telemark landete er, seine Hände riss er zu einer Siegerpose hoch.
Am Schanzentisch bemerkte er eine Treppe, die neben der Spur im Schanzenanlauf hoch auf den Turm führte. Er legte seine Tasche um die Schultern und kletterte über die Absperrung. Die Häuser unten in der Stadt wurden immer kleiner. Mit jedem Schritt kam er den Wolken näher. Als er sich über den Schanzenrand beugte und hinunter auf den Beton sah, wurde ihm schwindlig.

Er setzte sich auf die Stufen und blickte direkt auf den Friedhof. Die Treppen führten steil hinunter. Er brauchte nur auszurutschen und er würde über den Schanzentisch hinauskatapultiert werden. Nie würde er über die Treppen wieder hinunter kommen. Abwärts war es immer viel schwieriger, das wusste er vom Almgehen. Ein schwarzer Vogel kreiste um die Schanze. Als Kind wollte er immer fliegen können. Einmal war er mit dem Regenschirm von der Leiter gesprungen, die hinauf zum Heustall führte. Dabei hatte er sich den Knöchel verstaucht. Vor sich sah er das Restaurant im Schanzenturm. Neben der Autobahn zog sich ein Fluss durch die Landschaft, dahinter die Berge. Erwin raffte sich auf und stieg die restlichen Stufen hinauf, bis zu einer Ebene, von der die Skispringer abfuhren. Erwin blickte wieder auf den Friedhof. Am Eingang, neben dem Kassahäuschen, sah er die ersten Leute durch das Drehkreuz kommen. Was er hier zu suchen habe, hörte er plötzlich eine Stimme hinter sich. Als er sich umdrehte, stand ein grauhaariger Mann in blauer Uniform vor ihm. Er habe hoffentlich keine seelischen Probleme. Erst letzten Monat habe sich ein junges Pärchen vom Schanzenturm gestürzt, fuhr der Wachmann fort, an dessen Jacke ein Knopf fehlte. Er näherte sich Erwin und drückte ihn mit seinem massigen Körper gegen die Betonwand.
»Da unten sind sie gelegen.«
Erwin roch sein Rasierwasser. Die Fichtenbäume unten erschienen ihm plötzlich ganz nah. Wieder wurde ihm schwindlig. Der Mann machte einen Schritt weg. Misstrauisch betrachtete er Erwin. Wie komme er übrigens um diese Zeit auf den Turm, wollte er von Erwin wissen. Habe er überhaupt eine Eintrittskarte. Erwin schwieg. Das spitze Gesicht des Mannes erinnerte Erwin ein wenig an das Adlergesicht an der Bushaltestelle. Der Wachmann öffnete

die Tür hinter sich und schob Erwin in den Schanzenturm. Normalerweise müsse er die Polizei verständigen.
»Ich wollte bloß mal die Schanze sehen«, erklärte Erwin, während sie in den Lift stiegen.
Der Wachmann musterte ihn wieder. Möglicherweise wäre ein guter Skispringer aus ihm geworden. »Der richtige Körper.«
Erwin stieg aus dem Lift. Einen Eingang habe er ja gefunden, also werde er wohl auch einen Ausgang finden, meinte der Wachmann zu Erwin und fuhr mit dem Lift wieder hinauf. Erwin ging neben dem Aufsprunghügel die Stufen hinunter. Noch einmal warf er einen Blick auf den Schanzenturm, dann verließ er das Areal.
Erwin schlenderte am Friedhof vorbei, gleich neben der Straße lagen die ersten Grabsteine. Dahinter war eine Tankstelle, ein Lkw hatte neben den Zapfsäulen geparkt und versperrte die Einfahrt. Die schroffen Berge auf der anderen Seite der Stadt kamen wieder näher. Um nichts in der Welt wollte Erwin in Innsbruck wohnen.

ERWIN BETRAT DEN BAHNHOF. Am Monitor sah er, dass in 30 Minuten der nächste Zug in seine Stadt abfahren würde. Der bärtige Mann mit der zerrissenen Hose näherte sich ihm. Schnell ging Erwin hinaus zu den Taxis. Sein Telefon läutete.

»Erwin, wo bist denn schon wieder?«

»Innsbruck.«

»Du hast es gut«, hörte er Ingrids Stimme.

»Wann kommst denn wieder?«

»Heute.«

Erwin legte auf und ging auf den Bahnsteig. Er stieg in den bereitgestellten Zug und setzte sich in ein Abteil. Am Bahnsteig sah er den Obdachlosen eine Frau um Geld fragen. Eine Volksschulklasse lief vorbei. Die viel zu großen Schultaschen an den Rücken der Kinder erinnerten ihn an Schneckenhäuser. Sein Magen knurrte. Erwin ärgerte sich, dass in der Bahnkarte nicht die Verpflegung im Speisewagen inkludiert war. Er konnte nicht jedes Mal 4 Euro 50 für ein Paar Frankfurter bezahlen. Trotzdem ging er in den Speisewagen und bestellte sich die Würste. Die Kellnerin, deren Dialekt er schwer verstand, hatte kurz geschnittenes dunkles Haar und kräftige Oberarme. Er hatte Appetit. Eine Weile blieb er sitzen. Dann bezahlte er und ging zurück in sein Abteil. Ein gelber Baukran neben einem Rohbau huschte am Fenster vorbei. Arbeiter mit grauen Schutzhelmen standen auf dem Grundstück davor. Erwin wurde müde. Er träumte, wie er vom Schanzenturm fuhr und über den Schanzentisch hinauskatapultiert wurde.

Er segelte über das Areal und landete schließlich in einer Wiese mit blühendem Löwenzahn, gleich neben einem dicken Kuhfladen.
Als Erwin aufwachte, saß ihm gegenüber eine zierliche Frau mit braunen, gelockten Haaren.
Erwin glaubte noch zu träumen und war sich nicht sicher, ob nicht auch sie mit ihm in der Löwenzahnwiese gelandet war.
Die Frau suchte etwas in ihrer Tasche. Erwin beobachtete sie eine Zeit lang, betrachtete ihre zarten Hände, ihre Ohrringe und ihre geschwungenen Lippen. Noch nie hatte er eine so hübsche Frau gesehen. Unter ihren Füßen sah er ein Zugticket liegen. Erwin bückte sich und reichte es ihr. Mit großen, dunklen Augen blickte sie ihn an.
»Danke«, flüsterte sie mit einem fremdländischen Akzent.
»Ich habe schon gedacht, ich habe es verloren.«
Wohin sie fahre, wollte Erwin sie fragen, aber es verschlug ihm die Stimme. Die Frau steckte das Ticket in ihre Tasche.
»Wohin fahren Sie?«, wollte sie wissen.
»Salzburg, dann in den Süden. Ich hab meine Tante besucht.«
»Sie mögen Ihre Tante?«
Erwin nickte.
»Das sieht man sofort.«
Erwin schaute aus dem Fenster, ein Fluss floss neben den Bahngleisen.
»Aber sie ist schon sehr alt. Und wird bald sterben.«
Erwin war über seine Worte verwundert, er hatte sich noch nie über den Tod seiner Tante Gedanken gemacht. Als er nun den Satz ausgesprochen hatte, wurde ihm bewusst, dass seine Tante tatsächlich bald sterben könnte.

»Das tut mir leid.«
Der Flusslauf führte von den Gleisen weg zu einer hügeligen Landschaft hin. Erwin blickte auf die dunklen Nylonstrumpfhosen der Frau, auf ihre schwarzen Schuhe.
»Und wohin fahren Sie?«, fragte er.
»Wien, meine Schwester ist dort verheiratet. Ich möchte sie besuchen.«
Erwin fragte sich, ob sie selbst auch verheiratet sei. Wenn nicht, hatte sie aber bestimmt einen Freund.
»Bleiben Sie lange?«
»Ein paar Tage. Danach fahre ich wieder zurück nach Polen.«
»Aus Polen kommt doch der Papst?«
»Ja, aber der ist schon gestorben«, lachte sie.
»Aber in Polen gibt es bestimmt viele Kirchen?«
»Ein paar schon.«
Er stellte sich die Frau im weißen Brautkleid vor.
»Und wohin in den Süden fahren Sie?«
»Richtung Italien. Sie können mich gern mal besuchen kommen.«
»Sie kennen mich ja gar nicht«, lachte sie.
Erwin kratzte sich verlegen am Arm.
»Ich bin Agnieszka.«
»Erwin.«
Er schüttelte ihre Hand, spürte ihre sanfte Haut. Am liebsten wäre es ihm gewesen, wenn die beiden Hände nun zusammengewachsen wären. Aber dann löste sich ihr Händedruck.
»Ich kann Ihnen gerne meine Adresse aufschreiben«, bot Erwin an. »Vielleicht kommen Sie ja mal in die Gegend. Man kann dort Eierschwammerl suchen. Die schmecken ausgezeichnet.«
»Tatsächlich?«

»Ich kann Ihnen die besten Plätze zeigen.«
Wieder musste Agnieszka lachen. Erwin nahm einen Stift aus seiner Jackentasche und schrieb ihr auf die Rückseite einer Supermarktrechnung seine Adresse. Er bemühte sich, deutlich zu schreiben, damit keine Zweifel aufkommen würden. Am untersten Rand fügte er noch seine Telefonnummer hinzu.
»Rufen Sie mich bitte einen Tag vorher an. Ich kann Ihnen dann ein gutes Hotel organisieren.« Er reichte ihr das Papier. Natürlich hätte sie auch bei ihm wohnen können, aber möglicherweise gefiel ihr seine Wohnung nicht.
Agnieszka las Erwins Schrift. Er schaute sie erwartungsvoll an.
»Vielleicht komm ich ja mal in die Gegend. Danke.« Sie steckte den Zettel in ihre Tasche und lehnte sich zurück.
Erwin konnte seinen Blick nicht von ihr lassen.
»Und sind Sie verheiratet?«, wollte er plötzlich wissen.
Sie lachte auf.
»Noch nicht. Und Sie?«
Erwin schüttelte den Kopf.
»Und wollen Sie mal heiraten?«
Erwin blickte ernst. Da müsse schon vieles passen. Man könne ja nicht allzu oft im Leben heiraten, erklärte er.
Agnieszka hörte ihm amüsiert zu.
»Und wollen Sie einmal heiraten?«, fragte Erwin.
»So schnell sicher nicht.«
»Sie haben bestimmt viele Verehrer?«
Agnieszka schmunzelte. »Der Richtige war noch nicht dabei.«
»Sie haben ja noch Zeit. Wer weiß, vielleicht treffen Sie ja bald den Richtigen.« Erwin schaute sie wieder ernst an.
Gern hätte er sie gefragt, ob sie ihn heiraten würde, aber bestimmt würde sie ihn zurückweisen.

»Und was muss Ihre Frau können?«, wollte nun auf einmal Agnieszka wissen.
»Kochen sollte sie können. Sonst habe ich nicht so viele Ansprüche.«
»Sie suchen also eine gute Köchin?«
»Die Küche in Polen ist sicher gut.«
Erwin stellte sich nun vor, wie Agnieszka ihm Palatschinken machte, während er am Tisch saß und ihr zusah.
»Ja, die polnische Küche ist ausgezeichnet. Falls Sie mal nach Polen kommen, sollten Sie unbedingt Bigos probieren. Das ist eine polnische Spezialität.«
Gegenüber fremdem Essen war Erwin misstrauisch, er vertraute eher der heimischen Küche.
»Und Sie kochen gerne?«, fragte er.
Agnieszka schüttelte den Kopf. »Nein, nicht so gerne. Aber meine Mutter kocht gerne.«
»Und wohnt Ihre Mutter weit weg?«
»Nein, nicht so weit. Ein paar Kilometer«.
»Das ist ja nicht so schlimm.«
Erwin war beruhigt. Bald würde er nach Polen ziehen, wo ihm Agnieszkas Mutter einen Schweinsbraten zubereiten würde. Er schaute aus dem Fenster, vor einer Bahnschranke stand ein Traktor. Erwin dachte daran, wie er durch sein Dorf gefahren war und mit dem Traktor Gülle auf die Felder geführt hatte.
Der Zug verlangsamte sich, Agnieszka erhob sich und griff nach ihrem Koffer.
»Ich glaube, ich muss jetzt umsteigen.«
Erwin schaute sie erschrocken an. Er wollte ihren Koffer tragen und sie um ihre Adresse fragen, aber er bekam kein Wort heraus. Nur ein Stottern, das schließlich in ein Gemurmel überging.
»Schöne Fahrt«, hörte er sie sagen und es kam ihm vor,

als würde ihre Stimme bereits aus großer Entfernung zu ihm dringen.
»Vielleicht sehen wir uns mal wieder.« Sie lächelte. Erwin sah, wie sich die Tür öffnete und ihr Koffer durch die Tür geschoben wurde, er sah ihren Rücken, ihr bräunliches, gewelltes Haar. Im nächsten Moment war sie verschwunden. Erwin überlegte, ob er ihr folgen und mit ihr nach Wien fahren sollte, aber das schien ihm zu aufdringlich. Sie hatte ja seine Adresse und sie würde ihn bestimmt bald besuchen kommen, versuchte er sich zu beruhigen. Er blickte aus dem Fenster, in der Hoffnung, sie nochmals zu sehen. Aber im Gedränge konnte er sie nirgends entdecken.
Der Zug rollte an. Erwin blickte auf den leeren Sitz, wo zuvor noch Agnieszka gesessen war. Die Begegnung erschien ihm unwirklich, wie ein schöner Traum, der viel zu schnell vergangen war. Als er so vor sich hinstarrte, entdeckte er zwischen den Bankpolstern ein kleines, weißes Kärtchen. Erwin zog es aus dem Spalt. *Agnieszka Maria Kowalski Bolesławą Prussa 14 5698 Krakow*, las er. Erwin betrachtete es und hätte sich am liebsten beim polnischen Papst bedankt. Aber da erinnerte er sich wieder, dass der bereits verstorben war. Beim nächsten Kirchenbesuch wollte er ein Vaterunser für ihn beten. Bestimmt hatte er über Agnieszka gewacht und dafür gesorgt, dass sich das Schildchen von ihrem Koffer löste. Erwin steckte es in seine Brieftasche und schaute aus dem Fenster. Kleine Einfamilienhäuser, dahinter dichte Wälder. Kurz darauf brach ein Gewitter los, schwere Regentropfen prasselten gegen das Fenster. Manchmal zuckten Blitze und erhellten die dunklen Wolken.
Er stellte sich Agnieszka vor, wie sie aus dem Fenster blickend das Gewitter verfolgte. Vor nicht allzu langer Zeit war unmittelbar vor ihm ein Blitz eingeschlagen, er hatte

einen weißen Strahl gesehen und einen Augenblick später einen unglaublichen Donner gehört. Kurz darauf war im gegenüberliegenden Haus das Licht ausgefallen. Er war überzeugt gewesen, nur knapp einen Blitzschlag überlebt zu haben.
Ab und zu wurden im Sommer auf der Alm Rinder vom Blitz getroffen. Der Abtransport der Kadaver war immer mit großer Mühe verbunden. Wenn es keine andere Möglichkeit gab, musste dafür sogar ein Helikopter aus der Stadt angefordert werden.
Erwin sehnte sich nach seinem Bett. Die Nacht im Bahnhof war anstrengend gewesen. Der Regen wurde immer heftiger, Bäume bogen sich im Wind. Er schlief ein wenig.
Endlich hielt der Zug in seiner Stadt. Vor dem Plakat mit den Gondeln in der Wartehalle blieb er stehen. Er sollte mit Agnieszka einen Ausflug nach Venedig machen, überlegte er. Er stellte sich vor, wie sie gemeinsam durch die engen Kanäle fuhren.
Gegen Mitternacht betrat er seine Wohnung. Erschöpft fiel er in sein Bett.

SEIN HANDY läutete. Sofort dachte er an Agnieszka, aber als am Display der Name seiner Schwester leuchtete, legte er es, ohne abzuheben, enttäuscht auf die Bettkante. Im Pyjama ging Erwin in die Küche und machte Kaffee.
Aus seiner Brieftasche holte er das Kärtchen von Agnieszka. Wahrscheinlich trank sie gerade mit ihrer Schwester Kaffee. Er steckte das Adresskärtchen in die Brieftasche zurück. Mit der Fernbedienung schaltete er den Fernseher ein. Der Wetterbericht lief. Kein Niederschlag. Wolkenloser Himmel. Erwin hätte heute gern ein paar Wolken gehabt. Wolken beruhigten ihn zumeist. Er rief seine Schwester zurück.
»Der Onkel Oswald ist gestorben«, sagte sie. Erwin war sprachlos, er hatte seinen Onkel erst vor einigen Wochen bei bester Gesundheit gesehen.
»Das Herz hat nicht mehr mitgemacht.«
Erwin schwieg. Früher hatte der Onkel manchmal mit ihm gespielt. Oft hatte er ihm von dem im Keller wohnenden Mostteufel erzählt, zu dem alle ungehorsamen Kinder kommen würden.
»Das Begräbnis ist schon morgen. Ist dein Anzug in Ordnung?«
»Ich hab ihn schon lange nicht mehr angehabt.«
»Falls er schmutzig ist, putz ich ihn dir.«
»Ich schau nach.« Erwin legte auf.
Das Begräbnis war Erwin gar nicht recht, er wäre lieber nach Wien gefahren, um Agnieszka zu suchen. Erwin holte seinen Trachtenanzug aus dem Kasten und klopfte ihn ab. Er trug ihn nicht gerne. In der Anzughose wirkte er noch

kleiner, und sein Oberkörper erschien im Sakko seltsam in die Breite gezogen. Erwin hängte den Anzug in den Kasten zurück und holte das Kärtchen von Agnieszka erneut aus der Brieftasche. Er überlegte, Polnisch zu lernen, um sich besser mit ihrer Mutter unterhalten zu können. Am Fernsehbildschirm hopsten Zeichentrickfiguren.
Erwin zog sich an. Dabei dachte er an seinen Onkel, der als junger Mann geheiratet hatte. Wahrscheinlich war der Onkel damals sogar jünger gewesen als er jetzt.
Erwin schaltete den Fernseher ab. Die auf dem Tisch liegenden Annoncen warf er zusammen mit einer Reklame für Möbel in den Abfall. Onkel Oswald wäre bestimmt nicht böse, wenn er dem Begräbnis fernbliebe. Aber seine Schwester und sein Vater würden es ihm übel nehmen.

Am nächsten Tag stand Erwin in seinem Anzug in einer Menschentraube vor der Kirche. Plötzlich spürte er eine Hand über seine Schulter fahren.
»Sauber machen hättest ihn schon können«, hörte er die Stimme seiner Schwester. Erwin drehte sich um. Hinter ihm stand Manfred im schwarzen Anzug, daneben Ingrid im dunklen Kleid mit heller Bluse.
»Schau, wie du selbst ausschaust.« Erwin blickte seine Schwester böse an und ging ein Stück weiter. Sein Nachbar Andreas schüttelte ihm die Hand und wünschte ihm Beileid. Erwin betrat die Kirche. Vor dem Altar stand der Sarg, umringt von Blumenkränzen. Auf einem kleinen Hocker war neben einer Kerze ein Bild des Onkels aufgestellt. Erwin blieb vor dem Sarg stehen, er dachte an den Mostteufel, bei dem sein Onkel nun bestimmt wohnen würde, und bekreuzigte sich. Er wünschte seiner in der ersten Bank sitzenden Tante Anna Beileid und setzte sich in eine der hinteren Bänke. Die Kirche füllte sich. Angehörige der

Freiwilligen Feuerwehr, deren Mitglied der Onkel gewesen war, stellten sich in ihren blauen Uniformen neben den Sarg. Der Kirchenchor sang. Der Pfarrer begann mit der Predigt. Erwin blickte auf den Sarg und stellte sich vor, wie er und Agnieszka getraut wurden. Hinter ihm hatten seine Schwester und der Schwager Platz genommen. Er spürte Ingrids Blicke auf seiner Schulter, bestimmt hatte sie ein Staubkorn auf dem Sakko gefunden. Viele der Trauernden kannte Erwin seit seiner Kindheit. Manche hatten sich in letzter Zeit stark verändert. So wie sein Schulfreund Christoph, der dick geworden war. Erwin fröstelte. Er hörte das Läuten des Ministranten. Als Kind war er auch eine Zeit lang Ministrant gewesen und hatte die Glocke geläutet. Aber nachdem er einmal bei der Kommunion falsch geläutet hatte, durfte er nicht mehr. Mit dem Klingelbeutel sammelte der Mesner Geld ein. Erwin wühlte in seiner Hosentasche und warf 80 Cent hinein. Der Kirchenchor sang wieder. Der Sarg wurde von vier kräftigen Feuerwehrmännern in die Höhe gestemmt und aus der Kirche getragen. Der Pfarrer folgte ihnen, begleitet von zwei Ministranten. Dahinter sammelten sich die Verwandten. Sie gingen an den Gräbern vorbei. Erwin hörte das Knirschen der Kieselsteine, ständiges Gemurmel. Vor einer frisch ausgehobenen Grube hielten sie. Die Männer ließen den an Seilen hängenden Sarg langsam ins Grab. Als Erwin mit einer Rose in der Hand vor dem Grab stand, wünschte er seinem Onkel alles Gute, wo immer er jetzt auch wäre. Dann ließ er die Rose auf den Sarg fallen, mit einer Schaufel streute er ein wenig Erde hinterher. Er drehte sich um und stellte sich wieder zu den anderen Trauergästen. Auf den Bäumen neben der Grabstätte sah er ein paar Vögel. Erwin stellte sich vor, dass sein Onkel sich zu ihnen gesellt hatte und auf seine Verwandten blickte.

Im Wirtshaus, gegenüber der Kirche, gab es den Leichenschmaus. Erwin hatte neben seinem Schwager und gegenüber seiner Schwester Platz genommen. Links von ihm setzte sich seine Nachbarin, eine gute Freundin seiner verstorbenen Mutter. Sie schüttelte Erwin die Hand und meinte, er sehe erholt aus.
Es gehe ihm gut, erwiderte er.
Sie habe gehört, er sei viel auf Reisen.
Erwin hörte den Schwager lachen.
Er sei auf Arbeitssuche, erklärte Erwin ihr. Die Nachbarin nickte anerkennend. Erwin ließ seinen Blick durch den Raum schweifen. Gleich neben der Tür hatten die Feuerwehrleute Platz genommen. Dahinter saßen seine Cousins und Cousinen. Er betrachtete ihre Gesichter. Der Wirt brachte Erwin den Schweinsbraten. Die Nachbarin unterhielt sich mit seiner Schwester, Manfred mit dem gerade hinzugekommenen Pfarrer. Manchmal hörte er ein Lachen. Die Stimmung im Saal wurde von den vielen Bieren und weißen Spritzern immer gelöster. Erwin aß hastig auf, blickte verloren umher. Still schlich er sich davon.
Auf dem Heimweg kehrte er im Café TANJA ein. Die Kellnerin, die alleine an der Bar stand, schaute ihn überrascht an.
»Fesch bist heute.«
»Ich war auf einem Begräbnis.«
»Mein Beileid. Wer ist denn gestorben?«, fragte sie, während sie ihm ein Cola einschenkte.
»Mein Onkel.«
»So ist das Leben.«
»Heute wenig los?«
»Mittwoch ist immer wenig los.«
Die Kellnerin wischte mit einem Tuch die Theke ab.
»Ich hab dich schon länger nicht mehr gesehen. Wo bist denn immer?«

»Auf Reisen«, antwortete Erwin und nahm einen Schluck vom Cola.
»Auf Reisen?«
»Ich war in Innsbruck, in Salzburg und in Slowenien.«
»Hast du dort Bekannte?«
Erwin nickte.
»Du hast es gut. Ich müsste auch mal weg«, seufzte sie abwesend. Erwin starrte sie an. Als sie seinen Blick bemerkte, lächelte sie. Die Tür ging auf, ein Mann betrat die Bar. Er stellte sich neben Erwin an die Theke. Die Anwesenheit des Fremden störte Erwin. Er fragte sich, ob Agnieszka sich mit der Kellnerin verstehen würde. Der Fremde bestellte ein Bier und zündete eine Zigarette an. Erwin vertrug keinen Zigarettenrauch und setzte sich auf einen Hocker am Ende der Theke. Er dachte an die Hände von Agnieszka, daran, wie sie gemeinsam aus dem Fenster geschaut hatten. In einem Zug leerte er das Glas und deutete der Kellnerin an, dass er zahlen wolle. Er sei eingeladen, rief sie ihm zu. Erwin verließ das Lokal. Die Sterne leuchteten, es war beinahe Vollmond. Gut gelaunt ging Erwin nach Hause, wo er das Kofferschildchen von Agnieszka aus der Brieftasche holte und daran roch. Er nahm den noch aus seiner Schulzeit stammenden Atlas aus einer Schublade und suchte Krakau. Beruhigt stellte er fest, dass Krakau nicht allzu weit entfernt von Wien war. Er schnappte seine Tasche, packte wieder mehrere Hemden, Socken, Unterwäsche und seine Zahnbürste ein. Den Atlas legte er ganz oben in die Tasche. In der Nacht schlief er schlecht. Er träumte von seinem Onkel, der lebendig in den Sarg gesperrt worden war und mit beiden Händen gegen den Sargdeckel drückte. Aber der Mesner schaufelte einfach Erde über den Sarg, bis er nicht mehr zu sehen war. Erwin wollte seinem Onkel helfen und vertrieb den Mesner. Aber kaum hatte Erwin sich umgedreht,

stand der Mesner wieder da und schaufelte einfach weiter. Schweißgebadet wachte Erwin auf. Er überlegte, ob Onkel Oswald wirklich tot war. Er hatte von Scheintoten gehört, die nach Tagen plötzlich wieder zu atmen begonnen hatten. Doch sein Onkel war schon über siebzig gewesen und war bestimmt tot, versuchte er sich zu beruhigen.

FRÜH AM MORGEN machte sich Erwin mit seiner Tasche auf den Weg zum Bahnhof. Die Straßen waren leer und die Geschäfte noch geschlossen. Ein Bundesheersoldat torkelte in seiner Uniform an ihm vorbei. Erwin war froh, nie beim Bundesheer gewesen zu sein, obwohl es ihm bestimmt nicht geschadet hätte, wie er oft zu hören bekommen hatte. Er lief durch den Stadtpark. Vor dem Bahnhofsgebäude standen ein paar Taxis. Erwin betrat die Halle. In 20 Minuten würde der nächste Zug nach Wien fahren, las er auf der Anzeigetafel. Die dunkelhaarige Frau, der er vor ein paar Tagen begegnet war, ging an ihm vorbei. Erwin sah ihr nach. Er konnte sich nicht erklären, warum sie ihn vor einer Woche so beschäftigt hatte. Agnieszka war weitaus schöner, und besser gekleidet. Die karierte Bluse der Frau gefiel ihm gar nicht. Er verstand nichts von Mode, hatte aber doch seine Vorlieben. Zu weite Blusen und Hosen bei Frauen gefielen ihm nicht. Erwin kaufte sich eine Semmel und ging zum Bahnsteig. Minuten später hielt der Intercity *Österreichisches Finanzministerium*. Erwin stieg ein, ging durch zwei Waggons und setzte sich zu einem Mann ins Abteil. Er trug ein hellblaues Hemd, seine langen, grauen Haare waren zu einem Zopf zusammengebunden. Kurz schaute der Mann auf, dann las er weiter in seiner Zeitung. Erwin verstaute seine Tasche in der Gepäckablage und blickte aus dem Fenster. Bald döste er vor sich hin. Als der Schaffner an ihm rüttelte und nach seiner Fahrkarte fragte, schaute er ihn verwirrt an. Erwin kramte in seiner Tasche, und da er die Karte nicht sofort fand, suchte er in

der Jacke. Schließlich holte er sie aus seiner Hosentasche. Der Schaffner warf einen Blick darauf und gab sie ihm zurück. In der Zwischenzeit hatte der Mann mit dem Zopf sein Notebook an die Steckdose angeschlossen. Draußen hatte sich der Himmel dunkel verfärbt.
»Da scheint sich was zusammenzubrauen«, sagte der Mann.
»Schaut so aus«, murmelte Erwin.
»Die Heftigkeit der Gewitter hat in den letzten sechs Jahren um 34 Prozent zugenommen. Und die Häufigkeit der Gewitter um fast 52 Prozent«, erklärte der Fremde, als hätte er nur darauf gewartet, es Erwin mitteilen zu können.
»Und woher wissen Sie das?«, erkundigte sich Erwin.
»Ich arbeite für die Landesregierung, Abteilung Katastrophenschutz. Sehen Sie hier die Tabellen, jedes einzelne Gewitter ist angeführt, Dauer, Niederschlagsmenge, Schäden«, sagte er und zeigte auf den Computer.
Erwin blickte auf die Tabellen, die ihm unverständlich waren.
»Und können Sie auch Gewitter voraussagen?«
»Ich beschäftige mich nur mit Statistiken. Und die Statistik sagt, dass es in den nächsten drei Wochen in dieser Gegend mindestens vier Gewitter geben wird, wobei eines davon außergewöhnlich heftig sein kann. Eventuell mit starken Hagelschäden.«
Erwin schaute auf den Computer und überlegte, ob die Statistik auch über Erfolgsaussichten bei Ehen zwischen polnischen und österreichischen Staatsbürgern Auskunft geben würde.
»Haben Sie das studiert?«
»Ja, an der Universität in Wien, fünf Jahre lang. Da, schauen Sie, die Wahrscheinlichkeit, dass es in den nächsten drei Tagen Gewitter gibt, liegt sogar bei 90 Prozent.«

Erwin hatte noch nie von einem derartigen Beruf gehört. Zweifellos wäre er schwierig zu erlernen. Erwin wusste nicht, was er sagen sollte, und schaute zu den Wolken.
»Sie sind viel unterwegs?«, fragte der Mann, während er den Computer zuklappte und ihn in eine Tasche gab.
»In letzter Zeit öfter.«
Der Mann nahm sein graues Sakko und erhob sich.
Erwin überlegte, ob er ihm zu wenig Aufmerksamkeit geschenkt hatte. Erst nach einigen Augenblicken bemerkte er, dass der Zug in einen Bahnhof rollte.
»Hat mich gefreut, Sie kennenzulernen«, meinte der Mann.
Erwin schüttelte seine Hand. Der Mann öffnete die Tür und verschwand. Erwin fragte sich, wie spät es war. Er schaute auf das Display seines Handys. Der Akku war leer. Verärgert steckte er es in die Tasche. Sein Magen knurrte. Er dachte an die Frankfurter, die es im Speisewagen geben würde. Vielleicht sollte er aber mal ein Gulasch probieren. Wieder hörte er seinen Magen knurren. Auf dem Weg in den Speisewagen bemerkte er, dass die Sonne zum Vorschein gekommen war.
Erwin bestellte ein Gulasch. Er hatte angenommen, er würde einen ganzen Teller bekommen. Umso überraschter war er, als der Teller nur halbvoll war. Im Übrigen war das Gulasch versalzen und das Fleisch zäh. Erwin ärgerte sich, er hätte doch bei den Frankfurtern bleiben sollen. Er spuckte einen Fleischklumpen auf den Teller und knabberte an der Semmel, die im Inneren gefroren war. Ein paar Löffel probierte er von der Gulaschsoße, dann schob er den Teller zur Seite.
»Hat es Ihnen nicht geschmeckt?«, wollte der Kellner wissen. An seinem rechten Unterarm sah Erwin eine Tätowierung, ein in die Länge gezogenes Schwert. Erwin schüttelte den Kopf.
»Ich möchte zahlen.«

»Bestellen Sie nächstes Mal eben etwas anderes.«
»Die Semmel ist gefroren gewesen.«
Der Kellner zuckte mit den Achseln und holte die Rechnung. Erwin legte einen Schein auf den Tisch. Er beobachtete den Kellner, wie er ihm die Centstücke herausgab.
Als er zurückkehrte, saß eine ältere Frau im Abteil. Ihren Koffer hatte sie in der Mitte abgestellt, er hatte Mühe, zu seinem Platz zu gelangen. Die Frau betrachtete Erwin.
»Schon lange unterwegs?«, fragte er sie lauter als beabsichtigt.
»Schon eine Woche.«
»Ist aber lange.«
»Zum Hochzeitstag hab ich von meinem Mann eine Zugkarte bekommen. Ein spezielles Angebot für Pensionisten. Wahrscheinlich wollte er mich bloß loswerden«, lachte sie. »Aber die Toiletten in den Zügen, richtig schmutzig. Finden Sie nicht auch?«
Erwin sah sie mit ernstem Blick an. Er überlegte, ob seine Tante auch so eine Karte bekommen konnte.
»Putzt halt niemand«, antwortete er. Plötzlich klatschten schwere Regentropfen gegen das Fenster.
»Mit dem schönen Wetter ist es auch vorbei«, seufzte die Pensionistin und lehnte sich zurück.
»Ja, die Häufigkeit der Gewitter hat in den letzten Jahren fast um 52 Prozent zugenommen und die Heftigkeit der Gewitter um fast 32 Prozent.«
Die Frau starrte ihn ungläubig an.
»Woher wissen Sie das? Haben Sie das studiert?«
»Ja, in Wien an der Universität. Fünf Jahre lang.«
»Tatsächlich.«
»Die Wahrscheinlichkeit, dass es in den nächsten drei Tagen Gewitter gibt, liegt statistisch gesehen sogar bei 90 Prozent«, fuhr Erwin fort.

»Arbeiten Sie in diesem Bereich?«
»Abteilung Katastrophenschutz, in der Kärntner Landesregierung.«
»Da verdienen Sie sicher gut.«
»Könnte besser sein.« Erwin setzte sich etwas aufrechter. Seine Stimme wurde mit jedem Wort fester.
»Und jetzt fahren Sie nach Wien?«
»Ja, zu einer Besprechung.«
Sie blickte auf Erwins ungeputzte Schuhe. Der Regen hatte wieder aufgehört. Ein Regenbogen spannte sich über die Landschaft.
»Ist auch anstrengend.«
»Man gewöhnt sich daran.«
»Sie sind der erste Wetterexperte, den ich kennenlerne. Arbeiten Sie auch für das Fernsehen?«
Erwin wusste nicht, was er antworten sollte und schwieg.
»Können Sie mir ein Autogramm geben? Als Erinnerung.«
Erwin hatte noch nie ein Autogramm gegeben. Noch dazu hatte er eine furchtbare Schrift. In der Schule hatten sich die Lehrer über seine schwer lesbaren Hausaufgaben aufgeregt. Die Frau reichte ihm einen Stift und hielt ihm die erste Seite des Buchs *Wandern in Österreich* hin. Konzentriert unterschrieb er. Sie steckte das Buch wieder in ihre Tasche. »Das bekommt mein Mann.«
Erwin fragte sich, ob er als Betrüger belangt werden konnte. Sie werde in Zukunft bei jedem Gewitter an ihn denken, meinte die Frau. An der nächsten Station verließ sie den Zug. Erwin blickte aus dem Fenster, der Regenbogen war noch immer deutlich zu sehen. Irgendwo da hinten würde Agnieszka sein, dachte er. Das Gulasch rumorte in seinem Magen. Der Zug fuhr durch eine hügelige Landschaft. Erwin döste. Als er aufwachte, sah er kahle Wohnblöcke.

Er rückte näher zum Fenster. Werbeplakate hingen neben den Schienen. Ein großes Einkaufszentrum zog vorbei. Plötzlich hielten sie. Erwin wollte schon aufstehen, doch der Zug fuhr mit einem Ruck weiter, erst nach weiteren fünf Minuten gelangten sie zum Endbahnhof. Erwin blickte über die Gleise, nahm seine Tasche und verließ den Intercity *Österreichisches Finanzministerium*.

AUF DEM BAHNSTEIG blieb er vor einem Monitor stehen. Ein Mann mit schwarzer Kapuze war auf dem Bildschirm zu sehen. *2000 Euro Belohnung* stand in roter Schrift neben dem Foto. Erwin las noch *Bankräuber*, dann wurde der Biowetterbericht eingeblendet. Leute mit niedrigem Blutdruck hätten es heute besonders schwer. Im nächsten Moment sah er das Bild einer blonden Frau. *Vermisst*, las er. Erwin umklammerte seine Tasche und ging den Bahnsteig entlang. Zwei Mädchen liefen an ihm vorbei. Ein Schaffner verabschiedete sich von seiner Freundin, küsste sie und stieg in den danebenstehenden Waggon. Vor der Bahnhofshalle leerten zwei Arbeiter in gelber Uniform Abfallkübel aus.

Erwin betrat die Halle, die weitaus größer war als jene in Innsbruck. Hinter einer riesigen Glasfläche sah er einen Kirchturm schimmern. Mit der Rolltreppe fuhr er einen Stock tiefer. Leute huschten an ihm vorbei. Er schaute sich um, durch einen Gang gelangte er in ein Einkaufszentrum. Ein wenig erinnerte es ihn an das Einkaufszentrum seiner Stadt. Vor einem Elektronikgeschäft blieb er stehen und begutachtete die neuen Handys und Kameramodelle. Er dachte an die 2000 Euro Belohnung, die es für den Bankräuber geben würde. Im Friseursalon nebenan wusch eine an der Schulter tätowierte Frau einem dunkelhaarigen Mann mit blau-weiß gestreiftem Hemd die Haare.

Einige Meter weiter sah er in einer Vitrine goldene und silberne Halsketten und Ringe neben wasserdichten Uhren liegen. Erwin betrat das Geschäft. Eine Frau mit Pagen-

frisur, kräftig geschminkt, kam zu ihm. Mit verrauchter Stimme fragte sie, ob sie helfen könne. Er interessiere sich für Ringe, erwiderte Erwin.
Ob er gewisse Vorlieben habe.
Erwin erinnerte sich, dass man zur Verlobung meist einen goldenen Ring schenkte.
»Einen goldenen. Für eine Frau.«
Die Verkäuferin holte eine Lade mit lauter Goldringen und zeigte sie ihm. Genau betrachtete Erwin die Modelle, schließlich zeigte er auf einen mit einer rötlichen Verzierung. Die Frau nahm ihn aus der Lade und erklärte, dies sei der Goldring *Jade*. Erwin versuchte, ihn an den Ringfinger zu stecken, was ihm aber nicht gelang.
»Wir haben auch für Männer welche.«
Erwin schüttelte den Kopf. »Passt schon.«
Bestimmt würde der Ring auch Agnieszka gefallen.
»Was kostet der?«
»364 Euro.«
Erwin begutachtete ihn noch eine Weile, dann legte er ihn wieder zurück.
»Und haben Sie auch etwas Günstigeres?«
Die Verkäuferin verschwand kurz im Nebenraum und kam mit einer blauen Lade voller Ringe zurück.
»Diese hier sind nur vergoldet. Sehen aber aus wie echt.«
Erwin betrachtete sie. Der Ring *Jade* kostete in dieser Ausführung 34 Euro. Und da man tatsächlich keinen Unterschied erkennen konnte, beschloss er, ihn zu kaufen. Sollte er einmal zu Geld kommen, würde er Agnieszka einen echten Goldring schenken. Er bezahlte und verließ das Geschäft. Mit dem Ring in seinen Händen kam er an einem Blumenladen vorbei. Er überlegte, einen Strauß gelber Tulpen zu kaufen. Bestimmt mochte Agnieszka gelbe Tulpen. Doch dann überlegte er es sich und ging weiter.

Ein Schuhgeschäft mit hohen schwarzen Stiefeln in der Auslage befand sich neben einer Kleiderboutique. Gleich dahinter war ein Gürtelgeschäft, rosarote und blaue Gürtel mit Nieten lagen neben ledernen Brieftaschen. Erwin schlenderte noch eine Weile herum, schließlich ließ er sich auf eine Bank fallen. Ein Mann mit brauner Jacke, mit einem roten, runden Aufkleber auf der Vorderseite, saß neben ihm und trank ein Dosenbier. Immer mehr Leute bevölkerten die Halle. Nie würde er Agnieszka hier finden. Er holte ihr Adresskärtchen aus seiner Brieftasche und roch ein wenig daran. Er steckte es wieder zurück, schaute auf den an einer Säule hängenden Fahrplan. *Warschau 20:30 Bahnsteig 3*, las er.

Erwin stellte sich vor, wie er Agnieszka überraschte und ihr den Ring überreichte. Eine solche Szene hatte er einmal in einem Film gesehen. Die Frau küsste zwar den wartenden Mann, fuhr aber dennoch mit einem anderen Mann davon. Aber so etwas würde ihm bestimmt nicht passieren. Zwei Polizisten schlenderten vorbei. Erwin wurde hungrig. Am Kiosk gegenüber bestellte er sich ausnahmsweise einen Kebab. Der Verkäufer schüttete reichlich Soße über das Fleisch und reichte ihm den Kebab mit einer Serviette. Schon beim ersten Bissen lief Erwin die Soße über die Finger. Verärgert putzte er sie mit der Serviette ab. Draußen hatte die Dämmerung eingesetzt. Gespenstisch schimmerte der Kirchturm durch das Glas. Er blickte zur Rolltreppe. Zwei Männer mit dunkler Hautfarbe, ein Mann im Anzug und ein Mädchen mit einem Eis kamen herauf. Die Soße tropfte auf seine Hose. Erwin setzte sich und versuchte, sie mit der Serviette zu reinigen. Nie wieder würde er einen Kebab essen, schwor er sich. Neben ihn auf der Bank war der Mann mit der Bierdose eingeschlafen.

Um Punkt 20 Uhr stand Erwin mit dem Ring in der Hand

am Anfang des Bahnsteigs Nummer 3. Er ärgerte sich nun, keine Tulpen gekauft zu haben. Jedes Mal, wenn eine Frau aus der Halle kam, schlug sein Herz heftig. Von Minute zu Minute wurde er nervöser. Er hopste von einem Bein aufs andere. Dann entglitt ihm der Ring und rollte auf die Gleise zu. Schnell lief er ihm hinterher. Knapp vor der Bahnsteigkante konnte er ihn abfangen. Der Bahnsteig füllte sich. Ein Liebespaar küsste sich. Hinter den Vorhängen der Schlafwägen sah Erwin mit weißen Leintüchern überzogene Liegebetten.

Als eine Frau mit bräunlichen Haaren durch die Tür kam, schnellte sein Herzschlag hoch. Doch sie war größer als Agnieszka und hatte ein spitzeres Gesicht. Enttäuscht blickte er ihr hinterher. Agnieszka würde heute nicht mehr kommen. Wahrscheinlich blieb sie noch einen Tag bei ihrer Schwester, versuchte er sich zu beruhigen. Er steckte den Ring wieder in die Hosentasche. 20 Uhr 28. Einige Passagiere verabschiedeten sich von ihren Bekannten und stiegen ein. Der Schaffner winkte dem Zugführer. Ein junger Mann kam durch die Tür gelaufen und sprang im letzten Moment in den Waggon. Der Zug rollte davon. Erwin schaute ihm nach, langsam verschwand er. Über den Gleisen sah er den Mond.

Erwin ging zurück in die Halle, setzte sich auf die Bank. Verloren sah er sich um. Eine Frau schob einen blauen Kinderwagen. Ihre beiden kleinen Kinder liefen hinterher. Erwin stand auf und fuhr mit der Rolltreppe hinunter ins Einkaufszentrum. Die meisten Geschäfte waren bereits geschlossen. Erwin schlenderte mit seiner Tasche an den Auslagenscheiben vorbei.

Vor dem Bahnhofsgebäude leuchteten die Straßenlaternen. Er überquerte einen Zebrastreifen, ging eine Straße entlang, vor einem hell erleuchteten Lokal hielt er. Ein wenig erinnerte es ihn an sein Stammcafé. Erwin betrat die Bar. Ein süßlicher Parfümgeruch schlug ihm entgegen. An einem Tisch saßen mehrere junge Frauen in schwarzen Strümpfen und engen, kurzen Kleidern. Sofort richteten sich alle Blicke auf ihn. Erwin wollte schon umdrehen, aber eine Frau erwischte ihn an der Hand und wollte wissen, ob es ihm bei ihnen nicht gefalle. Er habe keinen Grund, schüchtern zu sein. Erwin roch ihr Parfüm und umklammerte seine Tasche. Sie führte ihn zur Theke. Ob er etwas trinken wolle. Erwin schüttelte den Kopf.

Vielleicht könnten sie gemeinsam was trinken. Ein Glas Sekt zum Beispiel. Sanft streichelte sie seine Hand. Ihre Fingernägel waren dunkelrot lackiert. Sie mochte Mitte zwanzig sein und sprach mit einem ähnlichen Akzent wie Agnieszka.

Erwin zuckte mit den Achseln, woraufhin sie ein Glas Prosecco bestellte. Sie stellte sich als Lara vor und fragte, was er in Wien mache. Er suche eine Bekannte, erwiderte Erwin.

Der Barkeeper, ein muskulöser Kerl mit kurz geschnittenen Haaren, weißem Hemd und blauer Fliege, brachte das Sektglas.

Eine Bekannte suche er also, wiederholte Lara. Vielleicht könne sie helfen. Ihre dunklen Augen lachten ihn an. Sie trug einen dick aufgetragenen hellroten Lippenstift. Lara nahm einen Schluck und reichte ihm das Glas. Ein paar Tropfen Alkohol würden ihm bestimmt nicht schaden, dachte Erwin und trank einen kleinen Schluck.

Woher denn die Bekannte sei, fragte Lara.

»Aus Polen.«

Sie sei auch aus Polen. So ein Zufall. Sie streichelte wieder Erwins Hände. Er nahm noch einen Schluck, diesmal einen größeren. Im Hintergrund unterhielten sich zwei Mädchen

an einem Tisch, sie lachten und rauchten Zigaretten. Erwin stieg der Sekt zu Kopf. Er wollte das Lokal verlassen, aber irgendwas hielt ihn zurück.
Ob die Bekannte seine Freundin sei, erkundigte sich Lara mit sanfter Stimme.
»Wir sind verlobt«, antwortete Erwin.
»Polinnen sind sehr gute Frauen. Sie sind treu. Wenn dich eine Frau einmal mag, dann steht sie zu dir. Verstehst du.«
Lara streichelte seinen Unterarm. Erwin konnte sich kaum noch bewegen und starrte sie an. Er habe zu viel getrunken, meinte er. Ihm wurde schwindlig. Er sah die Lichter über der Theke, den muskulösen Barkeeper, der bestimmt bald über ihn herfallen würde. Ein hoch aufgeschossener Mann im dunklen Anzug betrat das Lokal. Er winkte dem Kellner zu und verschwand mit einem Mädchen durch eine Nebentür.
Ob er nicht mit ihr auf ein Zimmer gehen wolle, hörte Erwin Lara fragen. Sie könnten sich dort weiter unterhalten. Er schaute sie an. Lara lachte und legte den Kopf auf seine Schulter. Erwin dachte an den Mesner, der ihn vor den Frauen gewarnt hatte. Sie richtete sich wieder auf und wollte nun wissen, ob er schon einmal in Polen gewesen sei.
Erwin schüttelte den Kopf. Er spürte seinen Herzschlag. 120 Euro koste das Zimmer für eine halbe Stunde, 150 für eine ganze, allerdings ohne Sekt. Links von ihm saß plötzlich eine zweite Frau. Das Herz schlug in seinem Kopf. Polen sei ein schönes Land, hörte er dann wieder. Sein Verlobungsring kam ihm in den Sinn. Er tastete nach ihm. Als Erwin den Ring durch den Stoff spürte, war er beruhigt. Ob sie noch ein zweites Glas bestellen könne, fragte Lara mit dem leeren Sektglas in der Hand. Erwin nickte, wenngleich er gar nicht nicken wollte. Vielmehr wollte er das Lokal

verlassen. Der Barkeeper, der ihm von Minute zu Minute größer erschien, stellte ihnen ein neues Glas hin.
»Prost«, lachte sie. Lara führte das Glas zu seinen Lippen. Erwin nahm einen Schluck. Die Theke hatte eine Schieflage bekommen. Die Frau betastete seinen Oberschenkel. Erwin wurde es heiß.
»Gehen wir auf ein Zimmer. Was meinst du?«
Erwin bekam einen roten Kopf, spürte, wie sich seine Hände verkrampften.
»Zahlen«, sagte Erwin. Lara nahm seine Hand.
»Zahlen«, sagte er nochmals.
»30 Euro«, vernahm er die Stimme des Barkeepers. Erwin glaubte, sich verhört zu haben. Aber dann reichte ihm der Mann die Rechnung. Erwin schaute zu Lara, die ihren Lippenstift nachzog.
»Ich habe nichts getrunken«, sagte Erwin mit zittriger Stimme.
»Aber Ihre Begleiterin.«
»Ich kenn sie nicht.«
Der Mann verzog seinen Mundwinkel.
»Du hast mich doch eingeladen«, meinte Lara. Erschien ihm Laras Stimme zuvor sanft, so war es ihm nun, als ob seine Bankberaterin mit ihm sprechen würde. Erwin griff nach seiner Brieftasche und holte den 50-Euro-Schein seiner Tante hervor. Der Barkeeper gab ihm 20 Euro zurück und drehte sich um. Lara gesellte sich wieder zu den anderen Mädchen. Als er zur Tür ging, winkte sie ihm. Auf der Straße schnappte Erwin nach Luft. Beim Überqueren des Zebrastreifens wurde er beinahe von einem Radfahrer angefahren. Erwin schleppte sich mit seiner Tasche in den Bahnhof. Er spürte den Sekt, der Boden schien mit jedem Schritt nachzugeben. Die Halle kam ihm jetzt doppelt so groß vor. Er schaute auf die Uhr der Anzeigetafel: *22:13*.

Erwin wollte nicht am Bahnhof übernachten. In 15 Minuten würde ein Zug nach Bregenz fahren. Die Nacht könnte er im Zug verbringen und am nächsten Tag zurückfahren, um Agnieszka zu treffen. Er tastete nach dem Ring in seiner Hosentasche.
Die Halle wirkte wie ausgestorben, selbst der Mann mit der Bierdose war verschwunden. Erwin ging zum Bahnsteig, stieg in den Zug und setzte sich in ein leeres, dunkles Abteil. Er zitterte und war froh, dass ihn niemand sehen konnte. Noch immer hatte er das Parfüm von Lara in der Nase. Er hörte wieder ihre Stimme und das Gelächter der anderen Mädchen. Erwin hoffte, der Zug würde bald abfahren. Er fragte sich, ob Agnieszka auch in einem solchen Lokal arbeiten könnte. Bestimmt würde sie so was nicht machen. Er ärgerte sich über die verlorenen 30 Euro und dass er den 50-Euro-Schein seiner Tante gebraucht hatte. Hätte er nur auf sie gehört und eine Schokolade gekauft. Erwin stellte seine Tasche auf die Ablage, zog seine Schuhe aus und legte seine Füße auf die gegenüberliegende Bank. Am Gang gingen Passagiere vorbei. Seine Tür wurde geöffnet. Eine ältere Dame schaute herein. Als sie ihn im Dunkeln bemerkte, verschwand sie.
Der Zug rollte an. In einigen Fenstern der vorbeigleitenden Häuser brannte Licht. Er dachte an seine Wohnung. Durch den Stoff betastete er wieder den Ring.
Er träumte von Agnieszka. Zusammen saßen sie in der Küche seines Elternhauses. Seine Schwester stellte einen Schweinsbraten auf den Tisch und erkundigte sich bei Agnieszka nach der Küche in Polen. Agnieszka lachte und meinte, die Küche in Österreich sei sicher besser. Erwin nahm etwas von der Soße. Der Löffel fiel ihm aus der Hand und er bekleckerte seine Hose. Manfred betrat die Küche. Als er Erwin sah, lachte er und wollte wissen,

ob er ihm die Hose waschen solle. Wütend erklärte ihm Erwin, seine Schwester habe beschlossen, sich scheiden zu lassen. Und er sei nun nicht mehr der Mann seiner Schwester. Der Schwager lachte noch lauter. Agnieszka aß den Schweinsbraten und schien von dem Streit gar nichts mitzubekommen. Erwin stürzte sich mit geballten Fäusten auf den Schwager. Schwitzend wachte er auf.
Der Zug stand in einem Bahnhof. Der Bahnsteig war in ein gespenstisches Licht gehüllt. Niemand war zu sehen. Erwin deckte sich mit der Jacke zu und schlief wieder ein.

MITTEN IN DER NACHT wachte er durch ein Geräusch auf. Erwin schreckte hoch. Er spürte einen heftigen Schlag gegen seine Brust, der ihn zurück in den Sitz warf. Eine Gestalt langte nach seiner Tasche über ihm und verschwand. Erwin raffte sich auf und rannte ihr hinterher. Am Ende des Ganges hatte er den Dieb fast eingeholt. Doch dann fiel die Tür zum nächsten Waggon gerade vor ihm zu. Er riss sie auf, hetzte den Gang entlang. In der Mitte des nächsten Waggons warf er sich auf den Fremden. Erwin spürte eine Faust in seinem Nacken, er wurde gegen das Fenster gedrückt. Es presste ihm die Luft weg. Erwin wollte nach der Tasche am Boden greifen. Aber der Fremde war schneller. Erwin bekam sie an einem Ende zu fassen. Mit der anderen Hand hielt er sich am Fenster fest und zog es nach unten. Die kühle Nachtluft fuhr ihm ins Gesicht. Beide zerrten sie an der Tasche. Plötzlich war sie über seinem Kopf. Erwin bekam einen Schlag ins Gesicht und ließ die Tasche los. Im nächsten Moment war sie verschwunden. Der Fremde hatte sie aus dem Fenster geworfen. Erwin schlug mit den Fäusten in sein Gesicht. Der Dieb drückte ihn zurück und Erwin fiel. Als er aufschaute, sah er den Schaffner über sich. Der Fremde lehnte am Fenster. Erwin konnte ihn nun zum ersten Mal genau sehen. Er war überrascht, der Mann wirkte auf ihn nicht wie ein Dieb. Vielmehr war er äußerst gepflegt. Seine Haare waren kurz geschnitten und er trug ein rötliches Hemd mit Krawatte. Er war vielleicht Mitte vierzig. Zuerst glaubte Erwin, der wirkliche Dieb sei weitergerannt. Aber das war unmöglich.

»Was ist denn hier los?«, wollte der Schaffner wissen. Mit der Kappe im schimmernden Licht kam er Erwin vor wie ein Matrose.
»Der Mann hat plötzlich auf mich eingeschlagen, wie ein Verrückter«, sagte der Unbekannte.
»Dieb«, zischte Erwin. Sein Herz pochte heftig und er bekam kaum Luft. Langsam richtete er sich auf.
»Der Mann hat meine Tasche gestohlen.«
Der Fremde lachte. Der Schaffner schaute ernst und fragte nach den Fahrkarten. Sofort reichte ihm der Mann sein Ticket.
Der Schaffner kontrollierte es, dann wandte er sich zu Erwin.
»Das ist in der Tasche.«
»Ich sag es Ihnen ja. Ein Verrückter und ein Schwarzfahrer noch dazu.« Der Mann richtete sein Hemd. Erwin wollte sich wieder auf ihn stürzen, doch der Schaffner hielt ihn zurück.
»Ihr Ticket!«
Erwin schaute den Fremden an. Wahrscheinlich war er auch auf einem Monitor zur Fahndung ausgeschrieben und es würde sogar eine Belohnung für ihn geben.
»Wenn Sie kein Ticket haben, müssen Sie zahlen«, fuhr der Schaffner fort.
In seiner Hosentasche hatte Erwin bloß fünf Euro. Nur den Ring hatte er noch. Erwin schaute etwas ratlos zum Schaffner. Er hoffte, der würde seinen Fehler noch einsehen und den Dieb zur Rechenschaft ziehen.
»Das Geld ist auch in der Tasche.«
Der Fremde lachte wieder und ging einfach. Erwin verstand nicht, wie ihn der Schaffner gehen lassen konnte. Sie hielten in einem kleinen Bahnhof. Er könne froh sein, dass er nicht die Polizei verständigt habe, rief der Schaffner ihm

hinterher, als Erwin den Zug verließ. Der Zug rollte an. Hinter einem Fenster glaubte Erwin den Dieb zu sehen. Wahrscheinlich machte er sich auch noch lustig über ihn. Die letzten Waggons ratterten vorbei. Plötzlich war Stille. Zwei Laternen leuchteten. Das Bahnhofsgebäude stand wie ein bedrohlicher Schatten vor ihm.
Er fror. Er betastete den Ring. In einiger Entfernung sah er im Mondlicht schimmernde Häuser. Allzu lange waren sie nicht mehr gefahren, nachdem die Tasche aus dem Fenster gefallen war. Vielleicht zehn oder fünfzehn Minuten. Wenn er Glück hatte, würde er sie wiederfinden, überlegte er. Erwin marschierte den Gleiskörper entlang. Mal ging er auf den Schienen, dann wieder hopste er von einer Gleisschwelle zur nächsten.
Es musste schon lange nach Mitternacht sein, dachte Erwin, als er in den klaren Nachthimmel blickte. Er wünschte sich, irgendwo da oben mit Agnieszka auf einem glitzernden Stern zu sein, wo nur sie beide wohnen würden. Er hörte seine Schritte, das unter seinem Gewicht knirschende Gestein. Was, wenn die Tasche von einem anderen Zug überfahren worden war? Möglicherweise war sie in ein Gebüsch gefallen und er würde sie nicht mehr finden können. Ein leichter Wind wehte, er hörte das Rauschen der Gräser. Seine Füße taten weh. An einer Waldlichtung sah er Rehe. Als er sich näherte, verschwanden sie im Dickicht. Erwin stellte sich vor, wie er von einem Zug überrollt würde. Sein Schwager müsste ihn dann von den Gleisen putzen. Die Vorstellung gefiel Erwin. Er ging in gleichmäßigem Schritt. Immer wieder hatte er von Leuten gehört, die sich vor den Zug geworfen hatten. Diese Art zu sterben war bestimmt schmerzhaft, aber immerhin wäre es schnell vorbei. Von weitem hörte er das Rattern eines Zuges. Schnell näherten sich die Lichter der Lokomotive. Nur zwei Schritte müsste

er machen. Aber dann dachte er an Agnieszka und ging einige Schritte weg von den Gleisen. Eine Windböe erfasste ihn, und ein Güterzug donnerte vorbei. Der Zug kam ihm ewig lang vor. Plötzlich war Stille. Er hörte wieder das Rauschen der Gräser. Es erschien ihm unwirklich, dass einige Augenblicke zuvor ein 100-Tonnen-Zug vorbeigerast war. Erwin ging weiter. Nach einigen Kilometern bemerkte er, nicht weit von den Gleisen, zwischen mehreren Bäumen, eine Kuhherde. Erwin dachte an die im Sommer hinter dem Hof grasenden Kühe. Manchmal durchbrachen sie den Zaun und mussten wieder eingefangen werden. Das Morgengrauen setzte ein. Die Sterne verblassten. Bestimmt war er schon mehr als 20 Kilometer gegangen. Vielleicht hatte er sich getäuscht und sie waren doch länger unterwegs gewesen.
Erwin dachte an den Dieb, er ballte seine Hände zu Fäusten und stellte sich vor, wie er sie ihm ins Gesicht schlug. Dabei stolperte er beinahe. Erschöpft setzte er sich auf die Gleise. Bei der Vorstellung, Agnieszka nie wieder zu sehen, spürte er tief in sich einen Schmerz. Er würde so lange gehen, bis er die Tasche gefunden hatte, schwor er sich, sonst sollte ihn ein Zug überrollen. Die Wälder waren nun deutlich zu sehen. Bald würden die ersten Sonnenstrahlen hinter den Bergen hervorkommen. Erwin ging weiter. Als er in einiger Entfernung einen braunen Gegenstand neben dem Gleis sah, wurden seine Schritte immer schneller. Vielleicht eine Sinnestäuschung, dachte er. Aber je näher er kam und je deutlicher die Umrisse zu erkennen waren, umso aufgeregter wurde er.
Und als er seine Tasche vor sich sah, konnte er es kaum glauben. Beim nächsten Kirchenbesuch würde er dem Mesner zehn Euro in den Klingelbeutel werfen.
Kaum hatte er die Tasche in seinen Händen, wühlte er nach

seiner Brieftasche mit dem Kärtchen von Agnieszka. Dann suchte er seine Bahnkarte. Alles war noch vorhanden. Vielleicht gab es ja doch einen Gott, der für ihn sorgte, wie der Mesner meinte.
Erwin blickte übers Tal. Weit und breit war kein Haus zu sehen. Er war von Wäldern und grünen Wiesen umgeben. Im Hintergrund thronten die im Sonnenlicht erstrahlenden Berge. So ähnlich stellte er sich das Paradies vor. Wenn er mit Agnieszka verheiratet wäre, würde er mit ihr hierher auf Urlaub kommen. Den gesamten Weg zurückzugehen, erschien ihm beschwerlich. Vielleicht sollte er einfach weiter die Gleise entlanggehen, überlegte er. Irgendwann würde er wohl zu einem Bahnhof kommen. Er nahm die Tasche und marschierte los. Ein Personenzug fuhr vorbei. Sein Magen knurrte. Mit jedem Schritt wurde er müder. Er verließ den Gleiskörper und kämpfte sich durch das Gestrüpp. Auf einer mit hohem Gras bedeckten Wiese breitete er seine Jacke aus und legte sich hin. Grashalme kitzelten ihn im Gesicht. Erwin schaute zu den Bergen, die er sich gut als Kulisse für einen Film vorstellen konnte. Er fragte sich, ob er lieber einen Jäger oder einen Anwalt spielen würde, konnte sich aber nicht entscheiden.
Er kam zum Schluss, Formel-1-Pilot wäre doch das Passendste für ihn. Erwin schlief ein.

ALS ER WIEDER zu sich kam, rieb er sich die Augen. Er spürte ein Brennen am Fuß. Unter seinem Bein bemerkte er eine Ameisenstraße. Erschrocken sprang Erwin auf, packte seine Jacke in seine Tasche und kämpfte sich durchs Gestrüpp zu den Gleisen zurück. Wollte er Agnieszka sehen, müsste er am Abend wieder in Wien sein. Erwin marschierte weiter, hin und wieder fuhr ein Zug vorbei. Seine rechte Ferse schmerzte. In der Ferne sah er eine Ansammlung von Häusern, es war eine Stadt. Zwischen den Wiesen verlief eine Straße. Neben der Bahnstrecke wurde Gülle ausgefahren. In weitem Bogen spritzte die Jauche auf das Feld. Der Güllegeruch stieg ihm in die Nase. Auch wenn er einige hundert Kilometer von seinem Dorf entfernt war, so war es doch der gleiche Gestank. Schnell ging er weiter. Er mochte nicht nach Gülle stinken, wenn er nach Wien kam.

Bald sah er die ersten Kaufhäuser der Vorstadt. Er gelangte zu einer Bahnbrücke. Unter ihm zogen die Wassermassen eines breiten Flusses still dahin. Einige Holzstämme trieben an der Oberfläche. In der Mitte der Brücke warf er einen Blick in die Tiefe. Ihm wurde schwindlig.

Schließlich erreichte er den Bahnhof. Nach einer Rechtskurve stand das Gebäude plötzlich vor ihm. Ein Bahnarbeiter deutete ihm, die Schienen zu verlassen. Erwin wechselte auf die Straße neben den Bahngleisen.

15 Uhr 30 zeigte die Uhr am Bahnhofsgebäude an. Erwin erschrak. Nie würde er es bis halb neun nach Wien schaffen. Er betrat die Bahnhofshalle. Der stechende Geruch

von frischer Farbe schlug ihm entgegen. An der linken Wand war ein metallenes Baugerüst aufgestellt. Erwin schaute sich nach dem Fahrplan um, konnte aber keinen entdecken. Erst nach einiger Zeit bemerkte er ihn neben einer bunt bemalten Fotokabine. In zwei Stunden würde der nächste Zug nach Wien fahren und gegen Mitternacht dort ankommen. In Salzburg musste er umsteigen. Er hoffte, Agnieszka würde einen Tag länger bei ihrer Schwester bleiben. Neben der frisch gestrichenen Wand war der Eingang zu einem Restaurant. Erwin ging in das Lokal und setzte sich an einen Tisch. Hinter der Bar stand eine schwarzhaarige junge Frau. Ein wenig erinnerte sie ihn an die Kellnerin seines Stammcafés. Er bildete sich ein, dass sie die gleichen Bewegungen machten. Mit einem gelben Waschlappen wischte sie die Theke ab. Drei Männer saßen in größerem Abstand zueinander auf Barhockern und tranken still ihr Bier. Manchmal blickten sie zur Kellnerin. Erwin spürte seine rechte Ferse. Wahrscheinlich hatte er eine Blase. Jetzt bemerkte er, wie müde und hungrig er war. Die Kellnerin war nicht viel größer als er. Anfangs verstand er ihren Dialekt nicht. Erst als sie ihn ein zweites Mal fragte, was er gern hätte, wusste er, was sie meinte. Er bestellte eine Pizza Margherita und ein Cola. Er sah wieder zu den drei Männern. Einer von ihnen, ein hagerer Kerl mit einem kleinen Bauch, zündete sich eine Zigarette an und blies den Rauch durch seine Nase.
Die Pizza war so, wie er sie gern mochte, der Teig war nicht allzu dick, mit viel Basilikum und Tomatensoße. Als er fertig gegessen hatte, überlegte er, eine zweite Pizza zu bestellen. Die Männer saßen nach wie vor stumm an der Bar. Die Kellnerin lehnte gelangweilt an der Theke. Sie holte seinen Teller.
»Hat es geschmeckt?«

Erwin nickte. Gern hätte er sich hingelegt. Er betrachtete die alten, braun gestreiften Wandtapeten. Neben einer Uhr hing ein Hirschgeweih. Ein ähnliches hing auch im Dorfgasthaus zu Hause. Früher war er oft dort gewesen, aber nachdem er eine Schlägerei mit einem Kerl aus einem Nachbardorf gehabt hatte, wollte er nicht mehr hingehen. Dabei war er unschuldig gewesen. Der Mann hatte ihn so lange gereizt, bis er nicht mehr anders konnte. Auf die Ohrfeige, die er ihm verpasst hatte, war er heute noch stolz. Erwin trank das Cola aus und winkte der Kellnerin. Er gab ihr einen Euro Trinkgeld. Kaum stand er in der Halle, ertönte eine Fanfare, eine singende und schreiende Menge schwappte durch die Eingangstür. Fußballhooligans, schoss es Erwin durch den Kopf. Mehrere Männer schwangen Fahnen, andere schwarz-grüne Schals. Einige von ihnen tranken Dosenbier. Ein Glatzkopf mit nacktem Oberkörper schlug gleichmäßig auf eine Trommel. Immer mehr Leute strömten in die Halle. Erwin wurde an die Wand gepresst. Jemand stieg ihm auf den Fuß. Er umklammerte seine Tasche. Er wurde in die Mitte der Halle gestoßen. Das Hupen wurde immer lauter. Erwin dachte, das Baugerüst würde jeden Moment zusammenbrechen. Er wurde hin- und hergeschoben. Um ihn tanzten Männer mit Tattoos auf ihren Oberarmen und Frauen, am Oberkörper bloß mit einem BH bekleidet. Schlachtgesänge erklangen.
Die Leute strömten auf den Bahnsteig, wo sie in einen bereitgestellten Zug stiegen. Die Schlachtgesänge wurden leiser. Erwin sah den Zug mit aus den Fenstern hängenden Fahnen davonrollen. Seine rechte Ferse schmerzte noch immer. Neben der Fotokabine setzte er sich auf eine Bank und zog seinen Schuh aus. Eine Blase war geplatzt. Mit einer schnellen Bewegung riss er den Hautfetzen ab und warf ihn zu Boden. Als er aufblickte, stand ein Polizist vor ihm. Der

Mann in blauer Uniform, mit gezwirbeltem Schnauzbart bewegte sich nicht mehr von ihm weg. Möglicherweise war er mit den Fußballhooligans mitgekommen, dachte Erwin. Wahrscheinlich hielt er ihn auch für einen Hooligan.
»Könnte ich mal Ihren Ausweis sehen?«
Erwin zog seine Socke an und kramte in seiner Tasche. Er reichte ihm seine Bahnkarte.
»Ich bin nicht der Schaffner. Ihren Ausweis, bitte!«, wiederholte der Polizist.
»Mein Name steht auf der Karte.«
»Wenn Sie keinen Ausweis bei sich haben, müssen Sie auf das Kommissariat mitkommen. Damit wir Ihre Personalien feststellen können.«
»Mein Zug fährt in 20 Minuten.«
Der Polizist wich nicht von der Stelle. Langsam zog Erwin seinen rechten Schuh an. Nie zuvor hatte Erwin einen so in die Länge gezogenen Schnauzbart gesehen.
»Kommen Sie!«, forderte ihn der Polizist auf.
Gemeinsam verließen sie den Bahnhof. Erwin wollte davonlaufen. Aber dann bemerkte er die an den Gürtel geschnallte Pistole.
Wortlos gingen sie nebeneinander her. In einiger Entfernung sah Erwin das Schild der Polizeistation. Hin und wieder blickte der Polizist zu ihm. Erwin überlegte, wegen der Tasche eine Anzeige zu machen. Sie betraten das Kommissariat. Der Polizist führte ihn in ein Zimmer.
Neugierig schaute Erwin sich um. Das Bild des Bundespräsidenten hing über der Tür. Im Nebenzimmer saßen mehrere Beamte an einem Tisch und unterhielten sich. An einer Wand klebten Fahndungsbilder. Der Polizist setzte sich an einen Computer und fragte ihn nach seinem Namen und seiner Adresse. Erwin zögerte. Dann nannte er ihm Namen und Adresse. Erwin schaute misstrauisch auf den

Computer und sah, wie der Polizist seinen Nachnamen eintippte.
»Vermisst werden Sie nicht. Und gesucht anscheinend auch nicht. Ein unbescholtener Bürger, selten heutzutage.« Der Polizist lachte. Erwin schaute ihn ernst an.
»Suchen Sie wen bestimmten?«
»Manchmal. Letzte Woche haben wir einen Heiratsschwindler erwischt. Aber ein Heiratsschwindler sind Sie ja nicht, oder?«
Wieder lachte der Polizist und tippte weiter. Erwin blickte aus dem Fenster. Die Sonne verschwand hinter Laubbäumen. Er würde den Zug nach Wien verpassen.
»Haben Sie schon mal einen Mörder verhaftet?«, wollte Erwin plötzlich wissen. Der Polizist schaute auf.
»Nein, Mörder habe ich noch keinen erwischt.«
Der Beamte musterte Erwin.
»Haben Sie vielleicht jemanden umgebracht?«
Erwin schüttelte den Kopf.
»Aber ich bin im Zug überfallen worden. Jemand wollte meine Tasche stehlen.«
»Das kann vorkommen«, entgegnete der Polizist und stand auf. Erwin wollte den Dieb beschreiben, doch der Polizist schien nicht daran interessiert zu sein. Er brachte Erwin zur Tür.
»Mein Zug ist auch weg.«
Der Beamte zuckte mit den Achseln und meinte, dass bestimmt bald der nächste fahre. Erwin ging an grauen, verwahrlosten Häusern vorbei zurück zum Bahnhof. Die Stadt gefiel ihm nicht. Als er feststellte, dass kein weiterer Zug mehr nach Wien fuhr, bekam er eine Wut auf den Polizisten.
Erwin setzte sich ins Restaurant, wieder an den Tisch, an dem er zuvor schon gesessen war. Zwei der Männer von

vorhin saßen immer noch an der Theke und tranken Bier. Der Hagere mit dem kleinen Bauch war verschwunden. Dafür hatte sich ein kleinwüchsiger, ständig vor sich hin plappernder Mann auf den Barhocker an der Mitte der Theke gesetzt. Irgendwie erinnerte er Erwin an den Mesner, der auch ständig erzählte, ohne dass ihm jemand zuhörte. Neben dem Eingang zur Theke saß eine junge, kräftige Frau mit langen, blonden Haaren. Als die Kellnerin ihn bemerkte, kam sie zu ihm. Erwin bestellte wieder ein Cola. Die Kellnerin holte eine Colaflasche und stellte sie ihm mit einem Glas auf den Tisch. Erwin betrachtete ihre Hände. Der kleinwüchsige Mann plapperte mal lauter, mal leiser. Die übrigen Gäste schienen sich nicht daran zu stören. Erwin nahm einen Schluck Cola. Anstatt Agnieszka zu treffen, würde er hier sinnlos seine Zeit vergeuden, ärgerte er sich. Plötzlich saß der kleinwüchsige Mann an seinem Tisch. Erwin hatte ihn gar nicht kommen gesehen. Der Mann trank weiter sein Bier und plapperte. Hin und wieder blickte er zu Erwin und lachte einfach. Erwin war sich nicht sicher, ob er ihn nicht auslachte. Der Knirps schaute hinüber zur Theke. Sekunden später hatte er seinen Blick wieder auf Erwin gerichtet. Nun lachte er noch lauter, um gleich darauf erneut unverständliches Gerede von sich zu geben. Der Fremde hatte eine krumme Nase mit zwei kleinen Höckern. Entweder hatte er mal eins auf die Nase bekommen oder er war unglücklich gestürzt. Erwin vermutete ersteres. Er hatte leicht gewelltes, hellblondes Haar. Eine Weile saß der Mann ruhig auf dem Stuhl, kurz darauf lachte er wieder laut. Dazu klopfte er sich auf seine Oberschenkel. Erwin schaute ihn ernst an. Er war ihm unheimlich. Anfangs hatte Erwin angenommen, der Mann sei betrunken. Aber seine Bewegungen waren klar. Vielmehr glaubte er nun, dass er einfach verrückt war, möglicherweise sogar ein

Inzestkind, was in den Bergen oft vorkam. Zwar kannte Erwin keine Inzestkinder, aber er hatte gehört, in schwer zugänglichen Bergdörfern gäbe es sie. Früher häufiger, heutzutage eher selten, da die Mobilität gestiegen sei, hatte ihm einmal ein Bekannter erzählt. Erwin betrachtete den Mann genauer. Sein linker Ringfinger war abgetrennt, nur ein Stummel war zu sehen. Vielleicht war er als Kind in die Wurstmaschine geraten. Erwins Sitznachbar in der Schule war als Fünfjähriger in eine solche Maschine gekommen und hatte einen ähnlichen Stummel an der Hand. Durch das halbleere Bierglas, das der Mann umklammerte, war der Fingerstummel zusätzlich in die Breite gezogen. Erwin sah zur Kellnerin, die sich mit der Frau unterhielt. Wieder hörte er das Lachen des Mannes, das ihn nun erschreckte. Als wäre es kein Lachen, sondern ein Schrei, als wäre ihm sein Finger gerade abgetrennt worden. Im nächsten Moment saß er wieder ganz ruhig vor ihm. Fast schien es, als würde er schlafen. Erwin fragte sich, wo er wohl wohnte. Wahrscheinlich ging er jeden Abend alleine in eine kleine trostlose Wohnung am Stadtrand. Und bereits in aller Früh schleppte er sich wieder ins Restaurant, um ein wenig Gesellschaft zu haben.
»Karl, trinkst noch was?« Die Kellnerin schüttelte den Mann, der tatsächlich eingenickt war. Karl fuhr auf und schaute sich erschrocken um. Als er Erwin sah, begann er sofort wieder hysterisch zu lachen. Erwin wollte nicht mehr mit dem Fremden an einem Tisch sitzen. »Zahlen«, rief er. Doch die Kellnerin war bereits hinter der Theke verschwunden und hörte ihn nicht. Erwin schaute zum Mann, ihre Blicke trafen sich kurz. Dann plapperte der Fremde wieder unverständliches Zeugs. Der Speichel tropfte ihm aus dem Mund.
»Zahlen«, rief Erwin erneut. Diesmal hörte ihn die Kellnerin und kam mit ihrer schwarzen Kassiertasche zu ihm.

»Zwei achtzig.«
Erwin gab ihr drei Euro, die sie wortlos in ihre Tasche steckte. Als sie sich nach vorne beugte, roch er ihren Schweiß; er sah die Ansätze ihrer Brüste. Der Fremde setzte sich wieder auf den Hocker an der Bar. Erwin griff nach seiner Tasche und als er sie nicht sofort spürte, blickte er erschrocken unter den Tisch. Sie war ein wenig unter seinen Sessel gerutscht. Erwin nahm sie und verließ das Restaurant. Hinter sich hörte er das Lachen des Mannes. Vor dem Bahnhofsgebäude, in der Nähe des Taxistandplatzes, setzte er sich auf eine Bank. Zwei Taxifahrer unterhielten sich neben ihren Autos und rauchten Zigaretten. Ein anderer Fahrer schlief auf dem Vordersitz seines Mercedes. Erwin blickte auf die Uhr am Bahnhofsgebäude. Es war kurz vor zehn. Er zog sich seine Jacke an. Der seltsame Kerl kam aus dem Restaurant. Mit schnellen Schritten steuerte er direkt auf ihn zu. Erwin machte sich auf seiner Bank klein. Kurz vor ihm bog der Mann in eine Seitenstraße.
Erwin starrte vor sich hin. Er dachte an den Busen der Kellnerin. Sofort hatte er ihren Schweißgeruch in der Nase. Ein paar Wolken hatten sich vor den Mond geschoben. Aber schon einige Augenblicke später sah man ihn wieder. Erwin verharrte auf seiner Bank. Die Beleuchtung in der Bahnhofshalle ging aus. Nur noch die Lichter im Restaurant brannten. Dann verlöschten sie auch dort. Die Kellnerin verließ das Bahnhofsgebäude. Sie kam ein Stück auf ihn zu, dann verschwand sie in der Seitenstraße.
Erwin stand auf und folgte ihr. Sie ging eine spärlich beleuchtete Straße entlang bis zu einer Fußgängerpassage. Ein paar Geschäfte waren hell beleuchtet, aus dem angrenzenden Lokal hörte Erwin die Rufe Betrunkener. Er sah die Kellnerin in einen Park abbiegen. Erwins Schritte wurden schneller. Er näherte sich ihr. Sein Herzschlag pochte. Er

hörte ihre Schritte immer lauter. Plötzlich blieb er stehen. Die Schritte entfernten sich, bald war ihre Silhouette in der Dunkelheit verschwunden. Erwin blickte zum Mond, er schimmerte wieder hinter einem Wolkengebilde.
Er drehte sich um und ging zurück, vorbei an dem Lokal, aus dem laute Musik dröhnte. Ein paar Tränen liefen über seine Wangen. Schnell wischte er sie mit der Hand weg. Er umklammerte den Ring in seiner Hosentasche. Im Licht der Straßenlaternen sah er die Umrisse der Häuser. Nach einigen Minuten stand er wieder vor dem verschlossenen Bahnhofsgebäude. Die Taxifahrer waren mit ihren Taxis verschwunden. Erwin wollte nicht im Freien schlafen. Er schlich um das Gebäude. Der Bahnsteig war mit einem Gitter von der Straße abgetrennt. Erwin blickte sich um, warf seine Tasche über die Absperrung und kletterte hinterher. Nicht weit weg standen zwei Waggons. Erwin fragte sich, ob es strafbar war, darin zu übernachten.
Mit einem Ruck riss er die Tür des Waggons auf. Im Dunkeln tappte er durch den Gang. Er hörte seinen Atem. Er öffnete ein Abteil und klappte die Sitze um. Das Mondlicht leuchtete durchs Fenster. Erwin zog den Vorhang zu und legte sich die Tasche unter den Kopf. Er dachte an Agnieszka, vielleicht würde er sie morgen treffen.
Während der Nacht wachte er mehrmals auf und griff panisch nach seiner Tasche. Er träumte vom Fremden aus dem Restaurant. Der Mann zeigte ihm seinen Fingerstummel und erklärte, er brauche keinen linken Ringfinger, weil er den rechten Ringfinger noch habe und einer würde ihm genügen. Dabei war er ganz nah an Erwin herangerückt und flüsterte ihm ins Ohr. Erwin wollte ihn zur Seite schieben, aber es gelang ihm nicht. Stattdessen fuchtelte der Mann mit seinem Fingerstummel vor Erwins Nase herum. Die Kellnerin kam an den Tisch, ihr BH war zu klein und ein

Teil ihrer Brust war zu sehen. Plötzlich lachte der Fremde. Wie ein Echo kam es von allen Seiten. Erschrocken fuhr Erwin auf. Erst als er sicher war, dass er geträumt hatte, legte er sich wieder hin.

DURCH EINEN KRÄFTIGEN RUCK wurde er am nächsten Morgen aus dem Schlaf gerissen. Erwin schob den Vorhang beiseite, das Bahnhofsgebäude zog vorbei. Schnell sprang er auf. Augenblicke später hielt der Waggon. Erwin verließ das Abteil, öffnete die Tür und sprang ins Freie. Auf den Schienen waren Arbeiter in blauen Monturen. Eilig ging er auf das Bahnhofsgebäude zu. Seine Wunde an der Ferse schmerzte. In der Bahnhofshalle blickte er auf den Fahrplan. Der nächste Zug nach Wien würde in einer Stunde abfahren. Erwin setzte sich auf die Bank und blickte hinaus zum Taxistandplatz. Er ging zu einem Mercedestaxifahrer, einem dickleibigen Mann mit nur mehr wenigen Haaren. Erwin fragte sich, wie der Mann es bloß schaffte, ins Auto zu steigen. Wahrscheinlich würde er wegen seines Gewichtes zwei Liter Benzin mehr verbrauchen. Als Erwin ihn nach einem Pflaster fragte, verstand ihn der Fahrer zunächst nicht. Erst als er ihm die Wunde zeigte, lachte der Mann und holte mit seinen wurstigen Fingern Verbandszeug aus einer Schachtel. Erwin bedankte sich. In der Halle setzte er sich auf die Bank, zog seinen Schuh aus und klebte ein Pflaster über die nässende Blase. Als er aufschaute, stand wieder der Polizist vor ihm. Erwin zog seine Socke und den Schuh an.

»Drückt der Schuh?«

Erwin nickte.

»Kann unangenehm sein«, meinte der Polizist.

Erwin schwieg, dann nahm er seine Tasche und ging zur Toilette. Am Waschbecken wusch er seine Hände und sein Gesicht. Aus der Tasche holte er die Zahnbürste und putzte sich die Zähne. Dann wechselte er Hemd und Socken. Als er nach ein paar Minuten wieder in die Halle kam, war der Polizist verschwunden. Der Mann mit dem abgeschnittenen Finger trottete in einem grünweißen Pullover und mit viel zu großen Jeans geradeaus aufs Restaurant zu. Diesmal lachte er nicht, sondern schaute ernst vor sich hin. Unruhig ging Erwin in der Halle umher. Durch die Tür sah er ins Restaurant, wo wieder dieselben Leute an der Theke saßen. Endlich erklang eine Lautsprecherdurchsage. »*Dommuseum Wien – Rudolf, der Stifter* nach Wien Westbahnhof fährt Bahnsteig eins ein.« Schnell marschierte Erwin durch die Unterführung. Er setzte sich in den ersten Waggon. Die Sitze, in denen man sich bequem nach hinten lehnen konnte, waren mit grauem Stoff überzogen. Nur wenige Leute saßen im Waggon. Als sie losfuhren, kam es Erwin vor, als würde er direkt in Agnieszkas Arme schweben. Seine Tasche schob er unter den Sitz. Den Riemen der Tasche wickelte er um den linken Fuß, niemand sollte sie ihm entreißen können. Ein Fluss zog sich durch die Landschaft. Erwin konnte seine Augen kaum noch offen halten.

Als er aufwachte, saß ein korpulenter Mann in Militäruniform ihm gegenüber. Seine Haare waren kurz rasiert. Erwin schaute ihn verstohlen an. Seine kräftigen Unterarme waren mit Drachen tätowiert. Erwin richtete sich auf. Der Mann musterte ihn. In der Zwischenzeit hatte sich der Waggon gefüllt, nur mehr wenige Plätze waren frei. Erwin spürte den Riemen am Fuß und legte die Tasche auf den Platz neben sich.

»Sind Sie Soldat?«, fragte er den Mann.

»Jägerbataillon, 3. Kompanie.« Dann lachte er. Vorne hatte er einen Goldzahn.

»Sie waren auch beim Militär?«
»Untauglich.«
»Passiert heutzutage häufig, zumeist Übergewicht. Aber das dürfte bei Ihnen ja nicht der Fall gewesen sein.«
Erwin schüttelte den Kopf.
»Und waren Sie mal im Krieg?«
»Bosnien.«
Der Soldat zog sein Hemd hoch und zeigte ihm eine Narbe.
»Schussverletzung.«
Die Narbe erstreckte sich beinahe über den ganzen Brustkorb.
»Da haben Sie aber Glück gehabt.«
»Kann man wohl sagen. Das geht oft schnell. Das ist wie mit den Frauen«, lachte der Soldat. Erwin schaute ihn ernst an.
»Sie fahren auch nach Wien?«
Erwin nickte.
»Geschäftlich, privat?«
»Ich besuche meine Verlobte.«
»Dann werden Sie bald heiraten?«
»Ja, nächsten Monat.«
»Gratuliere.«
Der Soldat schüttelte Erwin die Hand. Sein fester Händedruck tat Erwin weh.
»Aus Ihnen wäre bestimmt ein guter Soldat geworden. Das spürt man sofort.«
Erwin schwieg.
»Und Ihre Verlobte ist aus Wien?«
»Nein, Polen.«
»Gratuliere, Polen sind gute Soldaten.«
»Das wusste ich nicht.«
»Mein Kollege in Bosnien war ein Pole, feiner Kerl.«

Der Soldat seufzte, als würde er eine vergangene Zeit herbeisehnen.
»Dann sind Sie ja fast schon in den Flitterwochen?«
Erwin wurde das Gespräch unangenehm.
»Sie waren immer schon Soldat?«
»Immer schon, mein Vater war Soldat und mein Großvater auch.«
Der Mann verstummte kurz.
»Und was machen Sie außer demnächst heiraten?«
»Arbeitsamt«, stotterte Erwin.
»Ach, Sie arbeiten am Arbeitsamt?«
Erwin nickte.
»Ja, Fortbildungsseminare für Langzeitarbeitslose.«
»Also, wenn ich mal keine Arbeit habe, komme ich zu Ihnen.«
»Ich nehm nur die schwer Vermittelbaren.«
»Als Soldat hat man immer Arbeit.«
»Das glauben sie alle«, meinte Erwin. Der Soldat schaute ihn ernst an. Dann lachte er auf.
»Sie Scherzbold.«
Erwin lachte nun auch. Seine Stimmung wurde mit jedem Kilometer, der ihn näher zu Agnieszka brachte, besser. Er versuchte, sich Agnieszka am Bahngleis vorzustellen. Aber er konnte sich nicht mehr erinnern, ob sie blonde oder braune Haare hatte, was ihn ein wenig beunruhigte. Wenn sie vor ihm stand, würde er sie sofort erkennen, war er sich sicher. Eine flache Landschaft zog vorbei, weit hinten sah er ein paar Hügel, die bald wieder verschwanden. Erwin war eine Landschaft ohne Berge nicht gewöhnt. Er hoffte, in Polen würde es Berge geben. Am liebsten würde er mit Agnieszka auf einer Almhütte wohnen, mit ein paar Kühen, die sie selbst melken konnten. Als Kind war er manchmal mit seinem Vater auf einer Almhütte in den Bergen gewesen. Dort war er gerne

bei einem Wasserfall gesessen und hatte dem Rauschen zugehört. Stunden später hatte er es noch im Ohr gehabt.
Der Soldat saß mit ernster Miene auf seinem Platz.
»Sie sind verheiratet?«, wollte Erwin wissen. Der Mann machte eine abfällige Handbewegung.
»Geschieden, zweimal.«
Wahrscheinlich hat man als Soldat wenig Zeit für seine Frau, dachte Erwin. Auf keinen Fall wollte er geschieden werden.
»Es ist nicht leicht«, meinte der Soldat und verzog das Gesicht, als ob ihm etwas wehtun würde. Der Mann griff nach seinem Rucksack im Gepäckfach und holte eine Dose Cola heraus. Erwin hätte nun auch gerne ein Cola gehabt. Er überlegte, in den Speisewagen zu gehen. Das Gesicht des Soldaten hatte sich verfinstert und er wirkte nun älter.
Der Schaffner kam in den Waggon. Erwin war sich nicht sicher, ob es derselbe war, der ihn aus dem Zug befördert hatte. Erwin reichte ihm seine ÖSTERREICHcard und starrte ihn an. Der Schaffner nahm die Karte und betrachtete sie. Dann sah er Erwin an, gab ihm die Karte zurück und ging weiter. Erwin schaute ihm hinterher. Der Schaffner vorletzte Nacht war stämmiger gewesen.
Vorgestern musste ich mitten in der Nacht den Zug verlassen, wollte er dem Soldaten erzählen. Doch der war eingeschlafen. Ab und zu hörte er ein leises Schnarchen. Erwin steckte die Karte in seine Tasche. Die Landschaft war nun wieder etwas hügeliger, ein kleiner See mit einer Bootsanlegestelle lag neben einem Wald. Erwin dachte an den Mann mit dem Fingerstummel. Wahrscheinlich saß er wieder bei der Kellnerin an der Bar und trank Bier.
Der Zug hielt. Am Bahnsteig sah er eine Schülergruppe mit zwei Lehrern. Etwas abseits stand eine Frau mit vollgepacktem Rucksack.

Es war später Nachmittag und er war hungrig. Jetzt hätte er gern die faschierten Laibchen seiner Schwester, dazu Püree. Der Zug fuhr neben einer stark befahrenen Autobahn, wenig später sah er ein Tankerschiff auf einem breiten Fluss. Erwin fragte sich, ob es die Donau war.
Der Soldat schnarchte gleichmäßig vor sich hin. Vorne im Waggon saß eine Mutter mit ihren zwei Kindern, einem Mädchen und einem Jungen. Die beiden stritten sich um eine Puppe, der Junge fing zu weinen an. Die Mutter gab dem Mädchen eine Ohrfeige, worauf der Bub nur noch heftiger weinte. Erwin mochte kein Kindergeschrei. Die Mutter schimpfte mit dem Mädchen, dann gab sie ihr ein Fanta. Erwin fragte sich, ob Agnieszka Kinder mochte. Plötzlich verstummte das Schnarchen des Soldaten und er fuhr erschrocken auf. Mit versteinerter Miene starrte er Erwin an. Allmählich lockerte sich sein Gesichtsausdruck. Die ersten gläsernen Bürokomplexe zogen vorbei, die Leute begannen, ihre Koffer von der Gepäckablage zu holen. Die Mutter setzte dem Jungen eine Kappe auf und steckte die Puppe in ihre Tasche. Der Zug rollte langsam neben einer Straße in den Bahnhof. Links und rechts sah Erwin leerstehende Züge, auf einer Lokomotive war ein riesiger Polizist mit einer weißen Kappe aufgeklebt. *Karriere bei der Polizei*, stand in großen, schwarzen Buchstaben darunter. Mit einem Ruck hielt der Zug. Der Soldat nahm seinen Rucksack und wünschte Erwin für die bevorstehende Hochzeit viel Glück. Erwin wartete ein wenig, bis der Waggon sich geleert hatte, dann nahm auch er seine Tasche und stieg aus. Vor dem Monitor mit den Fahndungsbildern blieb er stehen. Er hoffte, den Dieb darauf zu sehen. Die abgängige blonde Frau wurde wieder gezeigt, anschließend der Wetterbericht, mit heftigen Regenschauern sei während der Nacht zu rechnen. Das Horoskop wurde eingeblendet:

Skorpione sollten sich heute Abend auf Überraschungen einstellen. Erwin ging in die Halle. In vier Stunden würde der Zug nach Polen fahren. Eine asiatische Touristengruppe fuhr die Rolltreppe hinauf. An einem Kiosk blieb er stehen und bestellte sich thailändische Nudeln mit Hühnerfleisch. Ein junger Mann reichte ihm auf einem Pappteller das Essen, zusammen mit einer Plastikgabel und einem Plastiklöffel. Erwin setzte sich an einen der kleinen Holztische neben dem Kiosk. Drei ältere Männer spielten am Nachbartisch Karten. Ein hagerer Mann saß Erwin gegenüber. Neben dem Mann stand ein Einkaufswagen, gefüllt mit Pappkisten und Kleidungsstücken. Erwin nahm die Plastikgabel und begann zu essen. Eigentlich mochte er kein Hühnerfleisch. Zu Hause hatten sie auch Hühner gehabt. Manchmal wurden sie geschlachtet. Erwin kaute ein Stück Fleisch und nahm ein paar Nudeln. Die Männer am Nebentisch lachten. Er beobachtete einen dunkelhäutigen Mann in der Halle, der einen grünen Kinderwagen schaukelte. Die Nudeln schmeckten ihm nicht und er schob den Pappteller von sich. Eine dickleibige Putzfrau warf den Teller samt den restlichen Nudeln in den Abfallwagen. Mit einem gelben Tuch wischte sie über den Tisch. Erwin stand auf und fuhr mit der Rolltreppe einen Stock tiefer. Er ging am Blumenladen vorbei und kam wieder zum Schmuckgeschäft. In der Auslage bemerkte er einen goldenen Ring mit einem kleinen blauen Stein. Er nahm seinen Ring aus der Hosentasche und verglich sie. Vielleicht sollte er ihn umtauschen. Er ließ ihn zwischen den Fingern hin und her baumeln. Aber irgendwie hatte er sich an den Ring gewöhnt. Außerdem hatte er ihm Glück gebracht. Er steckte ihn zurück in die Hosentasche und spazierte weiter. Ein Mann mit lila Mütze fotografierte die Bahnhofshalle, wofür er sich mehrmals an verschiedenen Stellen niederhockte.

An einer Wand hing ein in den nächsten Stock weisendes WC-Schild. Erwin stieg die Stufen hinauf.
Vor einer grauen Vorrichtung mit halbhohen Plexiglastüren blieb er stehen. *Kassa* stand groß mit schwarzen Buchstaben darauf. Darunter: *50 Cent Benutzungsgebühr*. Erwin wühlte in seiner Hosentasche, konnte aber kein Kleingeld finden. Kurz schaute er sich um, dann hängte er sich die Tasche um die Schulter und kletterte schnell über die Absperrung. Er sperrte sich in einer Kabine ein und wechselte sein Hemd. Blau stehe ihm besser, bildete er sich ein. Beim Hinausgehen warf er einen Blick in den Spiegel und fuhr sich ein paar Mal durchs Haar.
Erwin stieg die Treppen zu den Geschäften hinunter. Er hörte ein lautes Schreien. Zwei kräftige Securitymänner in blauen Uniformen hielten einen schmächtigen Mann fest. Innerhalb kürzester Zeit bildete sich ein Kreis von Schaulustigen. Er habe es nicht notwendig, eine Wurstsemmel zu stehlen, schließlich sei er Regieassistent bei den Salzburger Festspielen gewesen, schrie der schmächtige Mann. Die beiden Wachmänner hielten ihn an der Schulter und drückten ihn an die Wand. Einige Schaulustige redeten auf sie ein, den Mann doch gehen zu lassen.
Kurz vor acht Uhr stand Erwin am Bahnsteig und wartete auf Agnieszka.
Nur selten näherte sich jemand dem Zug. Vielleicht war Agnieszka gestern schon abgereist, während er auf dem Bahnhof hatte warten müssen. Er bekam wieder eine Wut auf den Polizisten. Nicht weit weg von ihm unterhielt sich ein Schaffner mit einem älteren Mann. Wahrscheinlich würde er Agnieszka nie mehr treffen. Neben der Eingangstür stand ein Zeitungsverkäufer mit einem Stoß Zeitungen in den Händen. Erwin fragte sich, wozu man einen so langen Zug brauche, wenn niemand damit fuhr. Vielleicht

sollte er nach Polen fahren. Er kramte in seiner Brieftasche nach Agnieszkas Adresse. Aber die Leute in Polen würden Polnisch sprechen und er würde sie nicht verstehen. Erwin lehnte sich an einen Betonsockel und betrachtete ihr Kärtchen. Ihre Schrift war viel schöner als seine. Der Zug nach Warschau werde in Kürze abfahren, hörte er die Lautsprecheransage. Der Zeitungsverkäufer kam auf ihn zu und zeigte ihm eine Titelseite. Erwin schüttelte den Kopf. Der Zug rollte davon. Ein dunkles Wolkengeflecht hing über dem Bahnhof.

Erwin steckte das Kofferschildchen wieder ein, nahm seine Tasche und streunte in der Halle umher. Er blickte auf die Anzeigetafel: *St. Pölten, Prag, Budapest, Linz*. Der dunkelhäutige Mann schob den Kinderwagen an ihm vorbei. Unter einer weißen Decke bemerkte er ein Baby mit hellblauem Käppchen. Erwin fuhr mit der Rolltreppe zwei Stockwerke tiefer. *Tanz der Vampire*, las er im Vorbeifahren auf einem großen Plakat. Ein Mann mit langen, schwarzen Haaren hielt darauf eine Frau in seinen Armen. Dunkles Geäst umgab das Paar. Am Ende der Rolltreppe sah er einen Mann in Arbeitsmontur die silbergraue Verkleidung putzen. Kleine Papierzettel hingen dahinter an der Wand. Erwin fuhr ihm langsam entgegen, ihre Blicke trafen sich.

Er sei Mahmoud und komme aus Ägypten und würde gerne wissen wollen, warum er ihn so anstarre, sprach ihn der Mann in gebrochenem Deutsch an. Erwin blickte auf seinen Putzfetzen, auf seine blaue Kappe, unter der seine grünen Augen hervorleuchteten.

Ob er hier auf Urlaub sei, wollte der Putzmann nun wissen. Erwin nickte. Wien sei eine schöne Stadt, meinte Mahmoud. Erwin erkundigte sich, ob es viel zu putzen gäbe. Der Mann erklärte, er mache nun schon seit zwei Jahren diese Treppe sauber. Auch oben im Einkaufszentrum putze er die Treppen. Er sei gern hier. Am liebsten sei er aber in Kairo. Erwin hörte ihm zu und fragte sich, ob es in Kairo auch Rolltreppen gäbe. Sie schwiegen. Dann schüttelte Mahmoud Erwin die Hand und wünschte ihm einen schönen Aufenthalt.

Gern hätte Erwin sich länger mit dem Mann unterhalten, aber der hatte sich bereits wieder der Treppe zugewandt. Erwin ging ein paar Schritte, einige Zeitungsverkäufer standen neben einem Geländer. Er hatte seine Tasche wiedergefunden, also würde er auch Agnieszka finden, überlegte er und fuhr wieder hinauf. In der Halle kreiste eine Putzmaschine. Ein wenig erinnerte sie ihn an den Stapler, mit dem er im Lagerhaus gearbeitet hatte.

Er nahm auf einer Bank Platz, zwei Männer setzten sich neben ihn. Der Größere von beiden trug einen schäbigen, blauen Anzug. Zudem löste sich bei seinen braunen Schuhen die Sohle. Sein Kollege war stämmiger und hatte einen dichten, braunen Bart. Sein blau kariertes Hemd war brustweit geöffnet, in seinen Händen hielt er einen gelben Plastiksack. Eine Weile saßen sie still neben Erwin. Der Größere wollte von Erwin wissen, ob er auch hier wohne. Erwin merkte anfangs gar nicht, dass er mit ihm sprach. Erst als er die Frage wiederholte, verstand er ihn. Erwin schüttelte den Kopf. Der Mann blickte Erwin ernst an und meinte, er solle aufpassen, vor allem nachts gebe es hier Diebe. Was er in Wien mache?

Erwin erwiderte, er warte auf seine Verlobte, die bald kommen werde.

»Tatsächlich?«, wandte sich nun der kleinere, bärtige Mann Erwin zu.

»Die Verlobte ist Wienerin?«, fragte er weiter.

»Polin.«

»Ein schönes Land. Ich hab Verwandte dort. Ich bin

der Christian«, meinte er und reichte Erwin die Hand. »Sprichst du Polnisch?«
Erwin schüttelte den Kopf.
»Ich kann dir Polnisch beibringen.«
Erwin blickte zu seiner auf dem Boden liegenden Tasche und schob sie zwischen die Füße.
»Dzieki heißt danke.«
»Mein Freund ist ein guter Lehrer«, mischte sich der andere ein. Erwin roch den Wein in seinem Atem. Zahlen könne er nichts, erwiderte Erwin und presste seine Füße gegen die Tasche. Das Gespräch verstummte. An einem Bahnsteig hielt ein Zug. Eine Menschenmenge schwappte in die Halle. Christian stand auf und ging zu einem Kiosk. Erwin schaute ihm nach. Plötzlich fragte ihn der Mann im schäbigen Anzug, ob er ihnen nicht helfen könne. Sein Kollege sei sehr krank, habe irgendwas im Kopf. Man wisse zwar nicht genau was, doch sei davon auszugehen, dass es sich um einen Tumor handle, erzählte er mit besorgtem Gesichtsausdruck. Bestimmt habe er nicht mehr lange zu leben.
Erwin blickte zum Kiosk, wo der bärtige Mann etwas kaufte. Wenn er auch nicht krank aussah, konnte man es doch nicht gänzlich ausschließen, dachte Erwin. Wie er denn helfen könne, fragte Erwin, obwohl er sich vorgenommen hatte, kein Geld zu geben. Sie müssten dringend in ein Krankenhaus, erklärte der Mann. Aber sie seien nicht krankenversichert. Die einzige Möglichkeit wäre, sich besinnungslos zu besaufen, dann würde sie die Rettung ins Krankenhaus bringen. Dort könne man seinen Kollegen genau untersuchen und seinen Tumor bestimmt feststellen. Erwin schaute ihn verblüfft an. Drei Wodkaflaschen würden seiner Meinung nach genügen, setzte der Mann fort. Er selbst komme mit einer aus, da er keinen Alkohol

vertrage. Sein Kollege hingegen brauchte zwei Flaschen, da er trinkfester sei. Erwin fragte ihn, warum auch er ins Krankenhaus müsse.
Er könne seinen Kollegen unmöglich alleine seinem Schicksal überlassen. Und im Übrigen gebe es bei den Ärzten solche und solche, erklärte er ihm. Ob er ihnen nicht mit einer Flasche Wodka aushelfen könne. Es sei ja für einen guten Zweck.
Christian setzte sich wieder zu ihnen. Erwin schaute ihn nun genau an. Ein kleiner Teil seines rechten Vorderzahnes fehlte. Seine Augen waren blutunterlaufen. Vielleicht stimmte es ja wirklich. Erwin dachte an seine durch eine glückliche Fügung wiedergefundene Tasche.
Selbst wenn ihn der Mann anlügen sollte, wäre es kein großer Verlust. Erwin kramte in seiner Jacke und gab ihm zehn Euro. Der Mann steckte den Geldschein in sein blaues Sakko und schüttelte ihm kräftig die Hand.
Erwin stand auf und fuhr mit der Rolltreppe einen Stock tiefer. Ein Mann mit rotem Turban und mit langem, weißem Bart kam ihm auf der gegenüberliegenden Treppe entgegen. Erwin schlenderte in der Halle umher, kurz überlegte er, in einen Zug zu steigen. Er schaute auf die Anzeigetafel. Wenig später fuhr er die Rolltreppe wieder hinauf. Christian saß noch immer auf der Bank, sein Kollege war verschwunden. Erwin nahm am anderen Ende der Halle Platz. Ein junges Pärchen saß ihm gegenüber. Der Bursche küsste den Hals des Mädchens, ihre Lippen. Erwin fragte sich, ob das Küssen schwer zu erlernen sei. Er hatte mal von verschiedenen Techniken bei Zungenküssen gelesen. Das Mädchen streichelte den Nacken des Burschen. Erwin dachte an Agnieszka, einen Tag wollte er noch warten. Er schlich wieder hinaus zu den Bahnsteigen, weit hinten sah er ein großes, beleuchtetes Reklameschild.

Erwin verließ das Bahnhofsareal, überquerte den Zebrastreifen, die Beleuchtung der Bar sprang ihm ins Auge. Sofort hatte er Lara im Sinn. Von weitem sah er einen Mann das Lokal verlassen. Erwin ging noch ein paar Schritte. Doch dann hielt er inne und drehte um. Er schlenderte in den umliegenden Gassen umher. Einige Mädchen mit kurzen Röcken standen am Straßenrand. Manche riefen ihm hinterher.
Erwin ging zum Bahnhof zurück und setzte sich wieder auf eine Bank in der Halle. Zwei Securitymänner stellten einen bettelnden Mann mit langem, beigem Mantel und Sandalen zur Rede. Der Mann versuchte davonzurennen, doch die zwei Securitys hatten ihn sofort eingefangen und verließen mit ihm die Halle. Erwin starrte auf seine Fingernägel. Er sollte sie schneiden, bevor er Agnieszka traf. Christian und sein Kollege kamen durch die Eingangstür, schnell gingen sie an ihm vorüber. Die Halle wurde immer leerer, die letzten Kioske schlossen. Ein Wachmann kam zu ihm und fragte, ob er auf einen Zug warte. Erwin nickte. Daraufhin wollte der Mann seine Karte sehen. Erwin holte sie aus der Tasche und reichte sie ihm.
»Auf der Durchreise?«
Erwin nickte wieder. Der Mann gab ihm die Karte zurück. Erwin steckte sie in seine Hosentasche und ging zu den Zügen. Am Bahnsteig 4 stand ein leerstehender Zug. Am Monitor sah Erwin, dass er um 6 Uhr 20 nach München fahren würde. Er setzte sich in ein Abteil im letzten Waggon. Seine Tasche legte er unter die Sitzbank und schob sie ganz nach hinten.

IN DER FRÜH wurde Erwin durch Geklapper am Gang geweckt. Verschlafen blickte er auf den Bahnsteig. Erwin zog die Tasche unter dem Sitz hervor und stieg aus.

Die Nacht über hatte er Albträume gehabt: Immer wieder kamen Leute zu ihm, die etwas von ihm wollten. Einer fragte nach einer Nagelschere. Nachdem er ihm erklärt hatte, dass er keine besitze, begann dieser einfach in seiner Tasche zu wühlen. Später versuchte ihn eine Frau von der Straße zu zerren. Er wehrte sich, plötzlich kam sein Schwager aus einem Hauseingang und half ihr. Nur mit Mühe hatte er sich befreien können.

Den Vormittag verbrachte er auf einer Bank in der Wartehalle. Zu Mittag ging er zum gegenüberliegenden Kiosk. Er war über die große Auswahl erstaunt. Vom Wiener Schnitzel mit Pommes bis zum Kaiserschmarren konnte er sich alles bestellen. Erwin schaute in seine Brieftasche. Er hatte nur noch drei Euro und zehn Cent; er ging zum Bankomaten neben dem Buchgeschäft. Vor ihm gab eine alte Dame ihren Geheimcode ein. Dabei drehte sie sich öfter zu ihm um. Der Automat spuckte mehrere 100-Euro-Scheine aus. Die Dame steckte sie in ihre Tasche und ging mit ihrem großen, weißen Einkaufssack davon. Erwin gab seinen Code ein und hob 50 Euro ab. Am Kiosk bestellte er sich ein Wiener Schnitzel mit Pommes, als Nachspeise eine Topfenpalatschinke mit einem Apfelkompott. Das Schnitzel bekam er auf einem Pappteller. Zweimal musste er hin- und hergehen, um sein Essen an den Tisch zu bringen. Neben ihm saß der bettelnde Mann mit dem langen, beigen Mantel, den er gestern gesehen hatte. Immer wieder blickte er zu Erwin. Er erinnerte Erwin an den Kater seines Onkels, der ihm ständig um die Füße strich und schnurrte, wenn er hungrig war. Erwin wandte sich von ihm ab. Mit jedem Bissen besserte sich sein Wohlgefühl. Bei der Topfenpalatschinke war er überzeugt, Agnieszka würde ihm noch am Abend das Ja-Wort geben. Der Teig der Palatschinke war leicht und flaumig, so wie er es gern hatte. Schließlich löffelte er auch noch das Apfelkompott aus. Zufrieden blickte er zum Blumengeschäft. Ein Mann mit Hut und mit einem kleinen Pudel im Arm kaufte einen Blumenstrauß. Erwin blieb noch eine Weile sitzen. Der Mann neben ihm war verschwunden. Durch die Glastür der Halle sah er einen Rettungswagen mit Blaulicht halten. Erwin dachte an Christian und seinen Kollegen. Kurz danach wurde tatsächlich ein Mann auf einer Bahre durch die Halle getragen. Erwin nahm seine Tasche und spazierte ein wenig herum. Er kam wieder am Buchshop vorbei. Mehrere Buchtitel lagen stapelweise auf einem Tisch vor dem Geschäft. *Der Polizist als Millionär*, las Erwin auf einem Cover. Polizist wäre vielleicht doch kein schlechter Beruf. Aber er war untauglich und wahrscheinlich würden sie ihn auch bei der Polizei nicht nehmen. Er setzte sich auf eine Bank vor dem Ausgang zu den Bahnsteigen. Mal glaubte er, einen ehemaligen Schulkollegen durch die Tür kommen zu sehen, dann wiederum einen bekannten Fußballschiedsrichter. Irgendwann wurde ihm von den vielen Gesichtern schwindlig. Er ging ein paar Schritte und verließ die Halle. Er blickte hinüber zum Kirchturm, den er nun zum ersten Mal nicht durch das Glas sah. Die Dorfkirche gefiel ihm besser. Diese war ihm zu hoch und düster. Erwin schlenderte am Taxistandplatz vorbei. Ein Rettungswagen stand eingepfercht zwischen zwei Bussen. Bald saß er

wieder auf der Bank. Der Bettler schlich in seinem langen Mantel durch die Halle, ab und zu fragte er jemanden um Kleingeld. Die meisten ignorierten ihn einfach.
Als Erwin den Bettler beobachtete, bildete er sich ein, dass er ihm einen Kuss zuwarf. Erwin blickte genauer hin. Tatsächlich presste er seine Lippen immer wieder zusammen und tat so, als wollte er ihn küssen. Erwin blickte ernst zum Kiosk. Um acht ging er zum Bahnsteig. Er nahm den Ring in seine Finger, drehte ihn mehrmals und murmelte Agnieszkas Namen. »Intercity nach Warschau Bahnsteig drei«, hörte er die Lautsprecheransage. Ein Getränkewagen rollte vorbei. Eine Reisegruppe stand am Bahnsteig. Ein Mann schob einen großen, roten Koffer durch die Hallentür. Ein Ehepaar mit drei Kindern stieg in den Waggon. Hatten am Vortag nur wenige Leute den Zug benutzt, so war er diesmal gut ausgelastet. Je länger Erwin wartete, umso wütender wurde er. Er kam sich vor, als hätte ihn jemand betrogen. Der Zug rollte davon. Erwin setzte sich wieder in die Halle. Aus der Hosentasche nahm er den Ring und überlegte, ihn wegzuwerfen. Der Ring entglitt ihm und rollte ein Stück davon. Eine Weile wartete er, ob ihn jemand entdecken und aufheben würde. Dann holte er den Ring und steckte ihn ein. Plötzlich glaubte er, Agnieszka zu sehen. Sie schob ihren dunklen Koffer durch die Halle. Sein Herz klopfte heftig. Ihr Gang, ihre Haare, noch dazu trug sie dasselbe Kleid. Sie ging direkt zu den Bahnsteigen. Erwin konnte sich nicht bewegen. An einem Kiosk blieb sie stehen. Ihre Hand griff in ihre schwarze Tasche. Sie gab dem Verkäufer einen 10-Euro-Schein und er reichte ihr eine Wasserflasche. Langsam näherte Erwin sich ihr. Seine Hände umklammerten den Ring. Dann stand er neben ihr. Er roch ihr Haar. Er wartete, bis sie die Wasserflasche und das Wechselgeld in die Tasche gesteckt hatte.

»Hallo«, sagte er leise, »hallo«, etwas lauter. Sie schaute auf.
»Das ist ja eine Überraschung, Erwin!«
Erwin fragte sich, ob er sie schon küssen sollte. Sein Herz pochte heftig.
»Was machst du denn in Wien?«
Erwin blickte auf ihre zarten, blassen Hände.
»Freunde besuchen«, stammelte er. Agnieszka drehte sich um und ein fremder Mann nahm ihren Arm. Er küsste sie auf ihre Lippen. Erwin wusste nicht, wo der Fremde hergekommen war. Etwas in ihm zog sich zusammen. Wenn zuvor noch sein Herz heftig gepocht hatte, so hatte er nun das Gefühl, ein reißender Fluss würde ihn jeden Moment wegspülen.
»Das ist Erwin, ich habe ihn letzte Woche im Zug kennengelernt«, erzählte sie dem Fremden. Er reichte Erwin die Hand. Erwin spürte seinen kräftigen Händedruck.
»Wir sind schon spät dran«, sagte er dann zu ihr. »Der Zug fährt bald.«
Agnieszka gab ihm nun auch die Hand.
»Schön, dass ich dich nochmals gesehen habe.«
Der Fremde nahm ihre Tasche und gemeinsam gingen sie zum Bahnsteig. Erwin blickte den beiden nach. Der Mann küsste ihren Hals. Sie stiegen in den Zug. Es war der Zug nach Budapest.
Als Erwin sich umdrehte, hatte sich ein Wachmann über seine Tasche gebeugt. Schnell ging Erwin zu ihm. Es sei seine Tasche und er habe nur kurz jemanden begrüßt, erklärte Erwin. Er solle auf seine Sachen besser aufpassen, entgegnete der Mann. Normalerweise hätte sie schon längst jemand gestohlen. Kurz musterte er Erwin, dann ging er weiter. Erwin setzte sich und blickte hinaus zu dem Zug, in dem jetzt Agnieszka und der Fremde saßen.

Erwin konnte kaum still sitzen, vor sich sah er die Lippen des Fremden an Agnieszkas Lippen. Erwin stand auf und verließ das Bahnhofsgebäude. Ziellos marschierte er durch die Straßen, ein paar Jugendliche fuhren auf Skateboards auf dem Gehsteig vorüber. Manchmal stieß er mit Passanten zusammen. Eine Straßenbahn kam ihm entgegen. Erst durch ihr Läuten bemerkte er sie. Der Fahrer brüllte aus dem Fenster, in Wien würden sich die Leute vor die U-Bahn und nicht vor die Straßenbahn werfen. Erwin lief weiter, er hörte ein Auto hupen.

Plötzlich nahm ihn jemand an der Hand. Eine blonde Frau mit schwarzen Strümpfen und kurzem Rock. Sie fragte ihn, ob er mitkommen wolle. Erwin hielt inne.

»Gleich da vorne gibt es ein Hotel«, meinte sie.

Ihre Hand fühlte sich warm an und er wollte sie nicht loslassen.

Sie heiße Ludmila, erzählte sie und fragte ihn, woher er komme. Erwin ging stumm neben ihr. Sie betraten ein Hotel. Die Stühle im Eingangsbereich waren mit rotem Plüsch überzogen, ein großer Spiegel hing an der Wand. Ein kleiner Mann mit streng gezogenem Seitenscheitel saß im dunklen Anzug an der Rezeption. Am Tisch nebenan unterhielten sich drei junge Frauen. Sofort redeten sie auf seine Begleiterin ein. Lachend erwiderte Ludmila ihnen etwas in einer fremden Sprache. Der Mann an der Rezeption gab ihr einen Schlüssel. Sie nahm Erwin an der Hand und führte ihn in ein Zimmer im Erdgeschoß. Ein Bett mit roten Leintüchern, umgeben von Spiegeln, stand in der Mitte des Raumes. In der Ecke war eine Dusche, gleich daneben ein alter, brauner Kasten. Das Licht war schummrig. Ob ihm das Zimmer gefalle, wollte die Frau wissen. Sie zog ihr Oberteil aus. Erwin starrte sie an. Er könne sich ruhig ausziehen, meinte sie. Erwin stellte seine Tasche ab und blickte auf

ihren nackten Oberkörper. Wenn er was trinken wolle, im Nachtkästchen gebe es ein Fläschchen Sekt. Erwin sah die Falten in ihrem Gesicht. Auf der Straße war sie ihm jünger erschienen. Was er denn so schaue, er sei ein komischer Kerl, hörte er sie sagen. Sie zog ihn zu sich. Erwin wurde es heiß. Sie roch wie die Frau aus der Bar. Im Spiegel sah er sich von allen Seiten. Dann wieder den Kopf der Frau. Plötzlich glaubte er, Agnieszka im Spiegel zu sehen, wie sie ihm zuwinkte. Die Frau nahm wieder seinen Arm. Erwin bekam kaum Luft, glaubte, an ihrem Parfüm zu ersticken. Irgendwie schaffte er es, sich aus ihren Armen zu befreien. Hastig griff er nach seiner Tasche und wollte die Tür öffnen. Im nächsten Moment stand Ludmila wieder vor ihm und meinte, sie bekomme noch 60 Euro. Ihre Augen funkelten. Erwin starrte sie an; er griff nach seiner Brieftasche und reichte ihr seine letzten 37 Euro. Die Frau fluchte in einer fremden Sprache. Erwin torkelte die Straße entlang. Er glaubte, Agnieszka händchenhaltend mit ihrem Freund vor sich zu sehen. Er folgte den Straßenbahnschienen. Bald stand er wieder vor dem Bahnhof. Der Obdachlose mit dem Mantel schlief auf der Bank neben dem Eingang. Erwin ging weiter. Eine Lautsprecheransage dröhnte über das Areal. Es begann heftig zu regnen. Erwin hörte das Prasseln auf den Waggons; er stieg in einen Zug; Augenblicke später fuhren sie ab. Der Regen wurde heftiger. Er sah Blitze über den Dächern. Der Kirchturm flackerte gespenstisch. Im Blitzlicht glaubte er, seinen Schwager zu erkennen, kurz darauf Ludmila. Erwin umklammerte seine Tasche. Gern hätte er sich jetzt mit dem Mesner unterhalten, auch wenn er ihm nichts zu erzählen gehabt hätte.
Der Schaffner erschien. Erwin reichte ihm die Karte. Kommentarlos bekam er sie zurück.
Erwin steckte sie ein und schlich mit seiner Tasche durch

den Gang. Manche Abteile waren leer, in manchen schliefen Leute. Es wäre einfach gewesen, ihr Gepäck zu stehlen. Erwin öffnete die Toilette und betrachtete sich im Spiegel. Seine Ohren schienen besonders stark abzustehen. Er dachte an Agnieszka, wieder zog sich etwas in ihm zusammen. Als er länger sein Spiegelbild sah, hätte er es am liebsten zertrümmert. Er urinierte, dann setzte er sich in ein Abteil. Eine Weile starrte er in den Nachthimmel. Der Regen hatte aufgehört. Der Zug glitt durch die Landschaft. Erwin legte seinen Kopf auf die Tasche. Ein paar Tränen rannen über seine Wangen.

ALS ERWIN am nächsten Tag aufwachte, zog eine alte, aufgelassene Fabrik vorbei. Kurz glaubte er, in einem fremden Land zu sein. Aber dann sah er vor einem Bahnschranken Autos mit österreichischen Kennzeichen. Erwin schaute nach seiner Tasche, die er während der Nacht unter die Bank gelegt hatte. Draußen waren Maisfelder zu sehen. Als Kind hatte er oft mit den Kindern aus dem Dorf in den vor der Ernte stehenden Maisfeldern verstecken gespielt. Ganze Nachmittage hatten sie damit verbracht. Der Zug hielt. Menschentrauben bildeten sich am Bahnsteig vor den Türen. Erwin richtete sich auf. Ein alter Mann setzte sich zu ihm ins Abteil. Er hatte starke Backenknochen. Der Mann blickte ihn stumm an. Erwin war sein Blick unangenehm. Er überlegte, ob der Fremde blind sei und ihn gar nicht sehen könne. Erwin wandte seinen Blick ab. Als er nach einiger Zeit wieder zu dem Mann sah, starrte der ihn nach wie vor an. Erwin nahm seine Tasche und verließ das Abteil; er lief durch zwei voll besetzte Waggons. Als er sich dem dritten Waggon näherte, hörte er eine Ziehharmonika. Dann wieder lautes Lachen. Er zog die Tür auf, plötzlich sah er seine Schwester, umringt von drei ihrer Freundinnen. Der gesamte Waggon war besetzt mit der Trachtenkapelle aus dem Nachbardorf. Erwin wusste, dass sie öfter einen Ausflug machten. Einige der Anwesenden sangen. Inmitten von ihnen war auch sein Schulfreund Lukas, der bereits in der Volksschule im Kirchenchor gesungen hatte. Seine Schwester und ihre Freundinnen trällerten kräftig mit. Wieder hörte er das Lachen einiger Männer, die gut gelaunt

Schnaps tranken. Erwin blieb wie angewurzelt stehen. Er hielt diesen Gesang nicht aus. Er glaubte, von den Stimmen erschlagen zu werden.
»Schau, der Erwin!«, hörte er eine weibliche Stimme. Er sah den erstaunten Blick seiner Schwester. Gleich würde sich der ganze Trachtenverein auf ihn werfen. Schnell zog er die Tür hinter sich zu. Er lief durch zwei Waggons und sperrte sich im WC ein. Sein Atem ging schnell. Er setzte sich auf die Klomuschel. Die Trachtenkapelle spielte immer beim Zeltfest, das einmal im Jahr in seinem Dorf stattfand, manchmal auch bei Begräbnissen. Früher war er öfter von seinem Vater gefragt worden, ob er nicht auch ein Instrument lernen wolle. Er hätte gerne Posaune gelernt, da ihn die langen Töne faszinierten. Aber als er einmal versucht hatte, die Posaune zu blasen, hatte er keinen Ton herausgebracht. Im Übrigen war er vollkommen unmusikalisch, hatte ihm zumindest seine Lehrerin gesagt. Im Gesangsunterricht durfte er nur seine Lippen bewegen, aber keine Töne dazu machen.
Es klopfte an der Tür. Erwin rührte sich nicht. Er hörte, wie sich Schritte entfernten. Vorsichtig öffnete er. Erwin versuchte, die Tür zum nächsten Waggon auseinanderzuziehen. Erst beim zweiten Versuch schaffte er es. Er spürte, wie ihn jemand an der Hand nahm und zurückzerrte.
»Kennst mich nicht mehr?«, hörte er die Stimme seiner Schwester.
Erwin starrte sie an.
»Der Vater macht sich schon Sorgen um dich. Wohin fährst denn überhaupt?«
Erwin starrte sie weiter stumm an. Er war seiner Schwester noch nie außerhalb ihres Ortes begegnet. Es erschien ihm unwirklich, dass sie im Verbindungsgang zwischen zwei Waggons standen.

»Schau, wie du ausschaust!«
Er spürte ihre Finger, die sich kräftig um seinen Arm pressten. Erwin riss sich los und ging davon. Er setzte sich wieder ins Abteil. Der alte Mann war verschwunden. Erwin blickte aus dem Fenster. Er dachte an Agnieszka, die wahrscheinlich mit ihrem Freund irgendwo in Ungarn unterwegs war.
Am nächsten Bahnhof stieg er aus. Er wollte nicht mit seiner Schwester im selben Zug sitzen. Im vorbeifahrenden Waggon sah er Ingrid sich aufgeregt mit ihren Freundinnen unterhalten.
Erwin ging am Bahnsteig auf und ab. Außer ihm war niemand ausgestiegen. Neben dem Bahnhof war ein Sägewerk. Mehrere Arbeiter beluden einen Lkw mit Holzpaletten.
Erwin stieg in den nächsten, in die entgegengesetzte Richtung fahrenden Zug. Er setzte sich in den leeren Speisewagen und bestellte eine Nudelsuppe und ein Stück Brot. Der Kellner, ein hagerer Mann mit ernstem Blick, ließ ihn, während er die Suppe löffelte, nicht aus den Augen.
Erwin fragte sich, ob es oft vorkommt, dass Gäste nicht bezahlten. Der Schaffner betrat den Waggon und wollte seine Fahrkarte sehen. Erwin wühlte in seiner Tasche und reichte sie ihm. Der Schaffner kontrollierte diesmal genau, sogar die Rückseite betrachtete er.
»Passt etwas nicht?«, erkundigte sich Erwin.
Wohin er denn fahre, fragte der Schaffner, der Erwin ein wenig an den Polizisten erinnerte, der ihn auf die Wache mitgenommen hatte.
»Linz«, antwortete Erwin, ohne zu überlegen.
»Aha«, seufzte der Schaffner, als würde er großes Unheil mit der Stadt verbinden, und gab ihm die Karte zurück. Erwin sah noch, wie er sich kurz mit dem Kellner unterhielt. Er löffelte seine Suppe fertig und winkte nach der

Rechnung. Erwin blickte aus dem Fenster, ein paar Wolken hatten sich vor die Sonne geschoben.
Der Kellner brachte die Rechnung. Erwin gab ihm das Geld. Der Mann wandte seinen Blick nicht von ihm. Plötzlich zog er eine Visitenkarte aus seiner Weste und legte sie auf den Tisch.
»Sie können mich gern mal anrufen. Vielleicht können wir mal was gemeinsam machen.« Der Kellner war etwas rot im Gesicht geworden. Sie schwiegen. Der Mann ging zurück hinter die Bar. Erwin wusste nicht, was er mit der Karte machen sollte, er würde ihn bestimmt nicht anrufen. *Gustav Kainradl*, las Erwin und steckte die Karte in seine Tasche.
Ein älteres Ehepaar setzte sich an den Nachbartisch. Die Frau bestellte einen Toast, der Mann ein kleines Bier. Hinter seinem Ohr bemerkte Erwin ein braunes Hörgerät. Die Frau trug silberne Ohrringe und ein elegantes Kleid. Sie schaute zu Erwin. Sie lächelte. Manchmal blickte der Kellner zu ihm.
Zwei Stationen später verließ Erwin den Zug. Am Bahnsteig folgte er den Leuten. Erwin fuhr ins Untergeschoß, ging durch einen langen, kahlen Gang, bis er in eine Halle kam. In der Mitte führte eine Rolltreppe nach oben. Rund herum war eine Vielzahl an Geschäften. Kurz dachte er, wieder in Wien zu sein. Vor einem geschlossenen Büro mit Stellenangeboten blieb er stehen. *Friseur/in gesucht, gute Bezahlung in nettem Team. Auch Anfänger erwünscht*, las er auf der Anzeige. *Rauchfangkehrer Spitzenbezahlung*, stand auf dem nächsten Angebot. Rauchfangkehrer würde ihm gefallen, dachte er. Die zwei Rauchfangkehrer, die er kannte, gingen die meiste Zeit bloß spazieren. Erwin stellte sich vor, wie er in verschiedene Wohnungen kam und dort mit einem langen, schwarzen Besen in Ofenrohren herum-

stocherte. Danach würde er ab und zu eine Jause bekommen. Wahrscheinlich gäbe es sogar Trinkgeld. Erwin ging weiter, in einem Lokal wurde ein Fußballspiel übertragen. Einige Männer standen an der Theke und blickten auf den Fernseher. Eine alte Frau mit weißem Haar und eingefallenem Gesicht kam ihm entgegen. Sie erinnerte ihn an seine Tante. Bestimmt massierte ihr gerade der Herr Kovacic in Bad Hofgastein den Rücken. Er hätte sie nun gern gesehen. Erwin fuhr mit der Rolltreppe nach oben. Neben der Treppe standen zwei Frauen und mehrere Männer im Kreis und tranken Wein aus dem Tetra Pak. Erwin marschierte an ihnen vorbei, hinaus zu den Taxis. Ein Gebäude ragte am Rand des Vorplatzes in die Höhe. Neben ihm hupte ein Auto. Erwin ging in den Bahnhof zurück und beobachtete die Wein trinkende Gruppe. Ein Mann, dessen langer, grauer Bart mit einem Gummiband zusammengebunden war, unterhielt seine Kollegen. Sie lachten. Am Eingang hob Erwin am Bankomaten wieder 50 Euro ab, fuhr mit der Rolltreppe ins Untergeschoß und setzte sich in ein Café. Er bestellte ein Cola, schaute aus dem Fenster, Menschen huschten vorbei. Er dachte an seine Schwester, die wahrscheinlich schon wieder zu Hause in der Küche stand. Als ein Pärchen händchenhaltend vorbeiging, spürte er einen Stich in der Magengegend. Erwin zahlte. In der Halle, betrachtete er nochmals die Jobangebote. Er setzte sich auf eine Bank gleich neben der Rolltreppe. Präsenzdiener gingen mit ihren Rucksäcken vorüber. Gern wäre er jetzt in einem Bett gelegen, in dem er sich ausstrecken konnte. Eine Frau kam aus dem Gang, der zu den Bahnsteigen führte. Sie hatte schwarzes, ungepflegtes Haar, trug Jeans, die ihr etwas zu groß waren, und eine blaue Bluse. Sie mochte Mitte dreißig sein und hatte Erwins Größe. Sie schlenderte auf seine Bank zu und setzte sich, ohne ihn weiter zu beachten.

Erwin überlegte, ob er aufstehen und gehen sollte. Die Frau starrte vor sich hin. Es kam ihm vor, als ob ihr vorne ein Zahn fehlte. Erwin schaute geradeaus in den Supermarkt, direkt zur Wurstabteilung.
»Schon lange hier?«, fragte ihn die Frau. Erwin schwieg.
»Willst nicht mit mir reden?« Erwin rückte ein Stück weg von ihr.
»Wenn du nicht sprechen willst, kann man nichts machen.«
Eine Zeit lang saßen sie stumm nebeneinander.
»Hast du ein bisschen Kleingeld, ich möchte mir ein Cola kaufen.«
Erwin fuhr in seine Hosentasche und gab ihr mehrere 50-Cent-Stücke. Sie ging zum Kiosk nebenan. Wenig später kam sie mit einer Plastikflasche zurück und setzte sich wieder neben ihn.
»Wie heißt du?«
»Erwin.«
»Ich bin die Angelika.«
Sie schüttelte Erwin die Hand.
»Und was machst du hier? Dich habe ich hier noch nie gesehen.«
»Ich warte auf den Zug.«
»Wohin fährst denn?«
Erwin schaute sie an, dann zuckte er mit den Achseln. Sie lachte und reichte ihm die Colaflasche.
»Magst einen Schluck?«
Erwin schüttelte den Kopf.
»Und wo wohnst du?«, fragte sie ihn. Erwin schwieg.
»Ich hab eine Wohnung, aber mir gefällt es hier. Man ist nicht so allein. Verstehst du. Meist trifft man jemanden«, erzählte Angelika.
Erwin fragte sich, warum nicht Agnieszka neben ihm saß.

»Also, wenn du was zum Schlafen brauchst, kannst bei mir schlafen.«
Er schaute sie überrascht an.
»Und was kostet das?«
»Für Kollegen ist es umsonst. Ist gar nicht weit von hier. Eine Nacht kannst gerne bleiben.«
Erwin war noch nie von einer Frau zu ihr nach Hause eingeladen worden.
»Und da ist auch ein Bett für mich?«
»Ja, klar.«
Erwin musterte sie. Ihr vorderer Zahn war bloß dunkel.
»Ich tu dir schon nichts«, meinte sie. »Auf dem Bahnhof treibt sich allerhand Gesindel rum. Aber auf mich kannst dich verlassen.«
Erwin schaute zu seiner Tasche.
»Komm mit, ich zeig dir ein bisschen die Stadt.«
Sie nahm ihn an der Hand. Erwin zögerte, doch dann stand er auf und ging mit ihr. Sie fuhren die Rolltreppe hinauf, es war dunkel geworden.
Zwei am Eingang stehende Männer riefen ihr etwas nach.
»Das sind Dummköpfe«, sagte sie zu Erwin, der die Männer nicht verstanden hatte. In der Dunkelheit erschien ihm das Gebäude vor dem Bahnhof noch höher. Sie gingen neben einer stark befahrenen Straße, ein Lkw donnerte in hohem Tempo vorbei, an einer Kreuzung bogen sie in einen Park. Neben einem Kinderspielplatz standen ein paar Fichtenbäume.
»Der Park ist schön. Im Sommer bin ich gern da.«
Erwin nickte. Sie kamen in eine Fußgängerzone, am Rande eines kleinen Platzes stand ein Würstelstand. Erwin hatte Lust auf Frankfurter, sagte aber nichts, und sie gingen an der Bude vorbei. Auf der Straße waren nur wenige Leute zu

sehen. Nach hundert Metern bogen sie in eine Seitenstraße und betraten eine Bar. Countrymusik dröhnte aus den Boxen. Das Lokal war gut besucht. Auf der Bühne tanzte alleine ein Mann mit Cowboyhut und hohen, braunen Stiefeln. Erst nach einiger Zeit bemerkte Erwin die Band dahinter.
»Tanzt du mit mir?« Angelika nahm ihn an der Hand und führte ihn auf die Tanzfläche. Erwins Tasche hing um seine Schulter. Angelika drückte ihn an sich und begann sich zu drehen. Ein Paar tanzte neben ihnen. Die Musik wurde lauter. Angelika trat ihm mit ihren zerfledderten Sportschuhen mehrmals auf die Füße. Ihre Hände waren feucht. Er ging zurück an die Bar. Angelika folgte ihm.
»Tanzt nicht gern?«
Erwin schüttelte den Kopf.
»Ich auch nicht.«
Der Gitarrist war nun alleine auf der Bühne und sang ein Lied. Das Publikum stimmte begeistert ein. Vor Erwin standen zwei Männer in Ledermontur, sie stießen mit ihren Bierflaschen an und brüllten einen Trinkspruch. Plötzlich gab ihm Angelika einen Kuss auf die Wange.
»Du bist ein Süßer!«, meinte sie. Erwin schaute weiter zu dem Sänger, der vom Publikum gefeiert wurde. Das Lokal wurde immer voller. Auf der Bühne erschien eine dunkelhaarige Sängerin mit einem übergroßen Cowboyhut. Das Publikum grölte. Erwin bestellte ein Cola.
»Bezahlst mir auch eins?«, fragte Angelika. Er zeigte dem Kellner, dass er ein zweites wollte.
Erwin reichte Angelika die Colaflasche.
»Prost!« Sie stieß mit ihm an. Es wurde immer enger und Erwin wurde von Betrunkenen angerempelt.
»Gehen wir wieder«, sagte er zu Angelika. Sie schaute ihn überrascht an.
»Gefällts dir nicht?«

Sie trank das Cola aus.
»Wenn du meinst.«
Wenig später standen sie wieder in der Fußgängerzone, gleich neben dem Würstelstand. Erwin bestellte ein Paar Frankfurter. Eine davon gab er Angelika, dazu reichte er ihr die Hälfte der Semmel. Abwechselnd tauchten sie die Wurst in den Senf.
»So was Gutes,« sagte Angelika. Erwin nickte. Neben ihnen stand ein Mann und trank sein Bier. Erwin bezahlte und warf den Pappkarton in den Abfalleimer.
Sie gingen eine spärlich beleuchtete Straße entlang, bis sie zu einem mit flackernden Reklametafeln überzogenen Gebäude kamen. Am Dach leuchtete eine Kuppel abwechselnd rot und blau.
»Komm, gehen wir ins Casino!«, lachte Angelika und zog Erwin an der Hand.
Am Eingang, hinter einem grünen Pult, saß eine Frau mit rundlichem Gesicht. Sie trug weiße Ohrringe und hatte eine braune Dauerwelle. Sie wollte einen Ausweis von Erwin und seiner Begleiterin sehen. Im Hintergrund hörte er das Klimpern der Automaten, ein großes, silbernes Rad drehte sich, dann klingelte es. Erwin holte sein Zugticket hervor. Die Frau fragte ihn, ob er keinen Ausweis habe. Sein Name stehe auf dem Ticket, erwiderte Erwin. Und im Übrigen habe er sowieso nicht vor zu spielen. Sie besprach sich kurz mit einer Kollegin und meinte dann, sie lasse ihn ausnahmsweise rein. Angelika zeigte ihren Ausweis, der etwas zerknüllt war. Erwin war fasziniert von den vielen Spiegeln, den leuchtenden Spielmaschinen, die alle möglichen Geräusche von sich gaben. Ein paar Leute saßen vor den Automaten, zumeist ältere Personen. Erwin nahm an, es waren Pensionisten. Es schien ihm, als hätten sie ihr ganzes Leben hier verbracht. Konzentriert blickten sie auf

die Spielmaschinen. Dann hörte er wieder von irgendwoher ein Klingeln.
»Spielen wir doch auch mal. Man kann einiges gewinnen«, sagte Angelika.
Erwin hatte immer nur von Leuten gehört, die ihr ganzes Vermögen im Casino verspielt hatten.
»Später«, antwortete er. Sie gingen die Treppe hinauf. Im ersten Stock befand sich ein noch größerer Saal. Von der Decke hingen große, prunkvolle Luster tief in den Raum. Die Wände waren mit grünen Tapeten überzogen. Die Kellner trugen schwarze Anzüge mit rot gestreiften Krawatten. Hier saßen noch mehr Pensionisten an den Automaten. Mehrere Asiaten standen um einen Roulettetisch. Dahinter waren noch größere, in allen Farben leuchtende Spielmaschinen. In einem Spiegel neben einem abgedunkelten Fenster sah er sich und Angelika. Ein Kellner kam zu ihnen. Er erklärte, dass es im ersten Stock notwendig sei, ein Sakko zu tragen. Ohne Sakko könnten sie sich leider nur im Erdgeschoß aufhalten. Erwin dachte an seinen im Kasten hängenden Anzug.
»Idioten«, murmelte Angelika.
Sie gingen die mit einem roten Teppich bezogene Treppe wieder hinunter.
»Erwin, wollen wir nicht ein Spiel spielen? Vielleicht haben wir Glück. Man weiß ja nie.«
»Wie teuer ist das denn?«
»Das hängt vom Spiel ab. Zehn Euro, manchmal zwanzig. Und man kann das Zweihundertfache gewinnen«, erklärte ihm Angelika. Erwin sah zu den flackernden Automaten.
»Nur einmal, vielleicht haben wir Glück.«
Erwin nahm seine Brieftasche und gab ihr zehn Euro. Angelika ging zur Kassa und kaufte sich Jetons. Sie setzte sich zu einem Automaten, auf den ein Clown mit großen,

grünen Augen gemalt war; sie warf zwei Jetons ein. Ihre Finger zuckten schnell. Plötzlich leuchteten drei gelbe Clowns am Monitor auf. Einer von ihnen ließ die Zunge raushängen. Dann klingelte es. Angelika jubelte. Sofort warf sie die Jetons wieder in den Automaten. Das nächste Spiel verlor sie, das übernächste gewann sie. Erwin schaute ihr fasziniert zu. Sie schien ihn gar nicht mehr wahrzunehmen. Wieder klingelte der Automat.

»Du bringst mir Glück!«, lachte Angelika.

Neben ihnen saß ein älteres Paar. Der Mann hatte kurz geschnittenes, graues Haar, sein blaues Sakko war am Ellbogen mit einem schwarzen Stoff überzogen. Die Frau trug ein grünes Kleid und dunkle Brillen. Ihr schwarzes Haar hing in ihr blasses Gesicht. Beide starrten auf den Automaten. Von Zeit zu Zeit warf der Mann Jetons ein. Mal spielte die Frau, dann wieder der Mann.

»Willst du nicht auch mal spielen?«

Erwin schüttelte den Kopf. Er hatte noch nie etwas gewonnen und wozu sollte er sinnlos sein Geld verschwenden?

»Komm schon. Ich lade dich ein. Heute ist mein Glückstag.« Sie zog ihn am Arm.

Erwin setzte sich an den Spielautomaten.

»Aber nur einmal.«

Angelika erklärte ihm, wann er auf die Knöpfe drücken musste. Wenn drei gleiche Symbole aufleuchteten, habe er gewonnen. Erwin schaute angespannt auf den Clown am Monitor, der alle paar Sekunden die Zunge rausstreckte. Dazu leuchteten seine Augen abwechselnd grün und rot. Angelika warf einen Jeton ein. Verschiedene Figuren erschienen auf dem Bildschirm, mal war ein Kamel zu sehen, dann ein Leopard, Sekundenbruchteile später ein Sheriff. Erwin drückte mehrmals den Knopf, dann nochmals, zwei Leoparden leuchteten kurz auf, dann lief das Spiel weiter.

Figuren in allen möglichen Farben sausten vorbei. Es klingelte und der Clown erschien wieder. Angelika warf den nächsten Jeton ein. Diesmal hatte Erwin Glück und er gewann. Nach zwei weiteren Spielen hatte er den Gewinn verloren. Erwin nahm die restlichen Jetons von Angelika. Minuten später waren alle verspielt. Erwin wollte neue kaufen, hatte aber kein Geld mehr.

»Um die Ecke ist ein Bankomat«, erklärte ihm Angelika. Erwin verließ eilig das Casino, steckte seine Karte in den Geldautomaten und wollte 200 Euro abheben. *Limit überzogen. Maximal behebbarer Betrag 150 Euro*, las er.

Erwin hob den gesamten Betrag ab und betrat wieder das Casino. Die Dame am Eingang nickte ihm zu. Er ging an den beiden an der Garderobe stehenden Securitys vorbei und wechselte 50 Euro an der Kassa. Den Rest wollte er sich für später aufheben. Angelika hatte sich an die Bar gesetzt. Als sie ihn erblickte, kam sie ihm entgegen. Erwin setzte sich wieder an den Automaten mit dem Clown. Ob sie nicht auch noch mal spielen könne, schließlich habe er ihren Gewinn verspielt, fragte sie ihn. Erwin schaute sie böse an. Er gab ihr ein paar Jetons. Angelika ging zu einem in der Ecke stehenden Automaten. Erwin warf einen Jeton ein und drückte die Knöpfe. Kurz darauf warf er den nächsten Jeton ein. Die Figuren erschienen in immer kürzeren Abständen, zumindest kam es ihm so vor. Der Clown, der nun seine Gesichtsfarbe von blau auf grün gewechselt hatte, starrte ihn an. Wenig später stand Angelika vor ihm und meinte, im anderen Raum, bei den großen Automaten sei es leichter zu gewinnen. Der Einsatz wäre zwar höher, dafür sei aber auch der Gewinn größer.

Sie gingen in den Nachbarraum. Die Wand war mit einer braunen Tapete ausstaffiert, mehrere prunkvolle Luster hingen über den Automaten. Erwin sah einen Mann gerade

eine größere Summe einstecken und zufrieden davongehen. Bestimmt habe auch er bald Glück, und sie sollten nochmals spielen, sagte Angelika.
Am Ende des Ganges saß ein junger Mann mit überkreuzten Beinen auf einem Barhocker und sah zu ihnen. Erwin ging zur Kassa und wechselte seine letzten 100 Euro. Tatsächlich gewann er das erste Spiel. Erwin konnte es kaum glauben, als er für 25 das Dreifache zurückbekam. Im Überschwang gab er Angelika einen Teil davon. Sie setzte sich sofort an den Automaten daneben. Erwin warf einen Jeton nach dem anderen in die Maschine. Bei jedem flackernden Licht, bei jedem Geräusch zuckte er zusammen. Die Figuren veränderten sich ständig, immer neue tauchten auf. Er sah, wie seine Hände sich immer schneller bewegten und plötzlich war Stille. Der Automat bewegte sich nicht mehr. Erwin griff nach den Jetons in seiner Hosentasche. Sie war leer. Er schaute in seiner Brieftasche nach, aber er hatte nur mehr zwei Euro übrig. Wütend blickte er zu Angelika, die schon eine Zeit lang neben ihm auf einem Stuhl gesessen und ihm zugesehen hatte. Sie zuckte bloß mit den Achseln, als sie seinen Blick spürte.
Erwin war überzeugt davon, er würde im nächsten Spiel gewinnen.
»Hast du kein Geld?«
Angelika schüttelte den Kopf.
Erwin nahm seine Tasche und verließ das Casino. Einige Schritte hinter ihm folgte Angelika.
Sie gingen stumm nebeneinander die Straße entlang, die jetzt noch dunkler als zuvor war. Erwin dachte, die Gebäude würden jeden Moment zusammenbrechen und ihn verschütten.
Er blickte auf die Schienen neben dem Gehsteig. Von weitem sah er das flackernde Licht eines Rettungswagens.

»Das kann jedem mal passieren«, sagte Angelika.
Erwin nickte. Der Mond schimmerte hinter den Wolken. Ein Betrunkener torkelte an ihnen vorbei. Gern hätte Erwin ihn verprügelt. Er dachte daran, was er alles mit dem Geld hätte machen können. Erst in einer Woche würde er wieder welches bekommen. Angelika blieb vor der Auslage eines Schuhgeschäftes stehen.
»Die hätte ich gerne. Gefallen sie dir?«
Erwin sah auf ein Paar schwarze Stiefel mit hohen Absätzen.
»Die hätte ich gerne zum Geburtstag.«
Erwins Blick verfinsterte sich. Er blickte zu den Stromleitungen der Straßenbahn. Irgendwo da hinten musste der Bahnhof sein. An der nächsten Kreuzung bogen sie in eine Seitenstraße ein.
»Dort in dem Haus wohne ich, wenn du magst, kannst bei mir schlafen.«
Erwin folgte ihr. Vor einem Haus mit bröckelnder Fassade blieben sie stehen. Angelika nahm den Schlüssel aus ihren Jeans und sperrte das Haustor auf. Sie gingen an den Briefkästen vorbei ins Stiegenhaus. Im zweiten Stock blieben sie vor einer weißen Tür stehen. Angelika sperrte auf. Ein stechender Geruch schlug ihnen entgegen. Erwin stellte seine Tasche im Vorzimmer ab und schaute sich um. Ein offener Joghurtbecher stand auf einer weißen Kredenz in der Küche.
»Schau, da ist das Schlafzimmer!«, Angelika führte ihn ins Zimmer.
Erwin blickte auf ein mit grüner Bettwäsche überzogenes Bett.
»Und wo schlafe ich?«
»Du schläfst auf der linken und ich auf der rechten Seite. Es ist Platz für uns beide«, sagte Angelika. Erwin wusste

nicht, ob es ihm recht war, dass sie gemeinsam in einem Bett schliefen.

»Im Kühlschrank ist ein Bier, falls du eins möchtest.«

Erwin schüttelte den Kopf.

Angelika verschwand im Bad. Er hörte das Wasser rauschen. Erwin setzte sich aufs Sofa neben dem Bett, an der Wand hing ein kleiner Spiegel, daneben eine Küchenuhr.

Angelika kam aus dem Bad. Erwin starrte sie an.

»Was schaust du so, man kann ja richtig Angst bekommen.«

»Ich bin schon ziemlich müde.«

»Dann legen wir uns ins Bett.«

Erwin überlegte, ob er gehen sollte. Doch dann dachte er an die harten Bänke in der Bahnhofshalle. Erwin setzte sich auf die Bettkante und schnürte seine Schuhe auf. Angelika zog ihre Jeans aus und setzte sich auf die gegenüberliegende Seite. Erwin hielt einen Moment inne, dann zog er seine Socken und seine Hose aus. Plötzlich kullerte der Ring über den Boden. Angelika schaute überrascht auf. Erwin schnappte ihn und ging zurück zum Bett.

»Was ist das für ein Ring?«

»Ein Ring halt, nichts Besonderes.«

Angelika schlug die Bettdecke zurück und legte sich hin. Erwin deckte sich knapp neben der Bettkante zu.

»Und was machst du mit dem Ring?«

Erwin roch ihren Schweiß. Ludmila kam ihm in den Sinn, der Geruch ihres Parfüms.

»Erwin, hast du eine Freundin?«

Erwin schaute zum Plafond, ein kleines Spinnennetz hing neben dem Lampenschirm. Unter der Bettdecke hielt er den Ring. Er dachte an Agnieszka, die jetzt wohl in den Armen ihres Freundes lag.

Angelika drehte das Licht ab. Durchs Fenster schimmerte

spärlich die Straßenbeleuchtung. Erwin hörte ihren gleichmäßigen, tiefen Atem. Im nächsten Moment spürte er ihre Hand an seinem Arm. Erwin erstarrte. Sekunden später spürte er ihre Lippen auf seinen Lippen. Ihre Brüste drückten stark gegen seinen Oberkörper. Erwin glaubte, er müsste jeden Moment ersticken. Er versuchte, sich aus ihrer Umklammerung zu befreien, was ihm nur schwer gelang. Ihre Hände hatten sich um seinen Kopf gelegt. Plötzlich fuhr sie auf und hielt seinen Ring in ihren Fingern.
»Hast du den Ring für mich gekauft?«, lachte sie. Erwin sah die Silhouette ihres Körpers. Sie beugte sich über ihn und küsste ihn. Er spürte ihre nackte Haut. Dann lachte sie erneut und fragte ihn, ob er Angst vor ihr habe, sie tue ihm nichts. Jedes Mal wenn sie lachte, überkam Erwin eine Wut. Er dachte an Agnieszka, an sein verlorenes Geld. Er spürte Angelikas Hände an seinem Oberschenkel.
»Willst du mich heiraten?«, hörte er ihre Stimme. Im Nachhinein wusste er nicht mehr, ob er sich das eingebildet oder ob sie ihn tatsächlich gefragt hatte. Dann glaubte er wieder, ihr lautes Lachen zu hören. Er bildete sich ein, sie lache ihn aus. Ihre Lippen verbissen sich in seine. Ein Hitzeschwall durchzog ihn. Und plötzlich begannen seine Fäuste, auf den unter ihm liegenden Körper einzuschlagen. Er hörte ein Schreien, aber seine Fäuste schlugen weiter und immer heftiger.
Erwins Atem ging schnell. Er sprang aus dem Bett und schlüpfte in sein Gewand. Im Dunkeln tastete er sich in die Küche, nahm mit zitternden Händen seine Tasche und verließ die Wohnung. Er ging durch das Stiegenhaus. Sein Körper schlotterte. Er öffnete das Haustor. Die Gasse war ruhig. Der Mond thronte still über ihm. Seine Finger bluteten. Er presste sie gegen die Lippen, schnell ging er die Straße weiter. Nach einigen hundert Metern bog er in

den Park, in der Dunkelheit hörte er Vogelgezwitscher, was ihm unwirklich vorkam. Er ging durch die taunasse Wiese. In der Ferne sah er die Umrisse des hohen Gebäudes gegenüber vom Bahnhof. Er bog auf die Straße, ein Taxi fuhr langsam vorbei. Er lief weiter, vorbei an den Straßenlaternen, bis er vor der verschlossenen Eingangstür der Bahnhofshalle stand. Ein paar Taxifahrer schliefen in ihren Autos. Wieder hörte er Vogelgezwitscher. Erwin kauerte sich neben den Eingang. Langsam setzte die Morgendämmerung ein und die umliegenden Gebäude kamen zum Vorschein. Die ersten Pendler versammelten sich vor der Halle. Der Bahnhof wurde geöffnet.

Erwin setzte sich auf eine Bank in der Halle. Seine Füße tappten unruhig auf den Boden. Im nächsten Moment stand er wieder auf und ging durch die Unterführung zum Bahnsteig. Von weitem näherte sich ein Zug; mit Kohle beladene Waggons donnerten durch den Bahnhof. Erwin lehnte sich an das Stiegengeländer. Als wenig später ein Zug hielt, stieg er ein und setzte sich in ein leeres Abteil. Das Bahnhofsgebäude glitt vorbei. Erwin zitterte. Er sah auf seine mit Kratzern überzogenen Hände. Neben den Gleisen lag ein Autowrack. Er spürte den salzigen Geschmack seiner Tränen, hörte das Lachen von Angelika, das in das Lachen des Zwerges mit dem abgeschnittenen Finger überging. Dann sah er Agnieszkas Gesicht, Augenblicke später zog Ludmila ihn an der Hand und wollte Geld. Im nächsten Moment saßen sie alle vier neben ihm. Erwin bekam keine Luft. Er dachte an seinen Schwager. Der Zug glitt durch die Landschaft, aber Erwin kam es vor, als ob sie sich nicht bewegten. An der nächsten Station stieg er aus. Am Himmel sah er eine kleine, ziegenförmige Wolke. Langsam wurde sie von einem riesigen Wolkengeflecht verschlungen. Kurz blitzte die Sonne hervor. Erwin ging an der Kante des Bahnsteiges entlang. Eine Lokomotive näherte sich, er sah drei hell leuchtende Punkte schnell herankommen, er glaubte, einen Donner zu hören. Plötzlich zog ihn jemand am Arm. Erwin starrte in das Gesicht eines vollbärtigen Mannes mit buschigen Augenbrauen.

»Ist alles okay?«, wollte er wissen.

Erwin nickte. Der Mann reichte ihm seine Tasche.

»Die haben Sie verloren.«

Er musterte Erwin.

»Sie sehen etwas blass aus.«

Erwin schaute ihn an.

»Geht schon«, stammelte Erwin.

Der Mann ging an einem Getränkeautomaten vorbei und verschwand in der Unterführung. Erwin setzte sich auf eine Bank. Auf dem Dach des Bahnhofsgebäudes saßen zwei Schwalben. Ein Zug hielt, Schüler stiegen aus. Lärmend rannten sie zum Ausgang.

Erwin blickte auf die langsam schneller werdenden Waggons. Der Fahrtwind blies ihm ins Gesicht. Dann wurde es still.

Die ziegenförmige Wolke kam wieder aus dem Wolkengeflecht hervor, alleine zog sie am Himmel weiter.